LE RENARD

DE LA MÊME AUTRICE

Moi les hommes, je les déteste, Monstrograph, 2020, Seuil, 2020.
Aux endroits brisés, Fayard, 2021.
Avortée, une histoire intime de l'IVG, Daronnes, 2022.

www.editions-jclattes.fr

Pauline Harmange

LE RENARD

JC Lattès

Collection fondée par
Isabelle Sorente et Clara Dupont-Monod

Couverture : © The Duke
Photo intérieure : © Olivier Roller

ISBN : 978-2-7096-7073-9

Première édition : mars 2023.

À ma fille,
je dédie ce récit
qui n'aurait pu advenir
sans qu'elle soit advenue.

« Tu t'assoiras d'abord un peu loin de moi, comme ça, dans l'herbe. Je te regarderai du coin de l'œil et tu ne diras rien. Le langage est source de malentendus. Mais, chaque jour, tu pourras t'asseoir un peu plus près… » Le lendemain revint le petit prince. « Il eût mieux valu revenir à la même heure, dit le renard. Si tu viens, par exemple, à quatre heures de l'après-midi, dès trois heures je commencerai d'être heureux. Plus l'heure avancera, plus je me sentirai heureux. À quatre heures, déjà, je m'agiterai et m'inquiéterai ; je découvrirai le prix du bonheur ! Mais si tu viens n'importe quand, je ne saurai jamais à quelle heure m'habiller le cœur… »

Le Petit Prince, Antoine de Saint-Exupéry

Se séparer

Il était une fois une jeune fille, et cette jeune fille c'était moi – ou bien peut-être pas. Une jeune fille ou bien une jeune femme, il y a un âge où on ne sait pas très bien dans quelles eaux troubles on se trouve. Distinguer la frontière entre l'état de fille et l'état de femme nécessiterait une certaine sédimentation de l'expérience de vie. Il faudrait arrêter de secouer la fiole avec autant d'ardeur, or on sait bien qu'entre fille et femme, entre chien et loup, ladite fiole est non seulement pleine à ras bord, mais aussi en mouvement perpétuel.

À cette heure alors, un rituel. Après les frites du dimanche, dans la cuisine aux carreaux beiges, on prenait nos corps lesquels fourbus et voûtés, lesquels souples d'énergie, et on allait marcher. Ce rituel familial, on n'y pouvait couper, et quand Franny revenait le week-end rendre visite, elle marmonnait toujours qu'elle avait autre chose à faire que de se crotter mais elle râlait en enfilant, selon la saison, des chaussures plus ou moins légères. Cette fois-là, timide le printemps, c'était des baskets flambant neuves qu'elle portait, si blanches que j'en étais choquée, moi qui marchais dans toutes les flaques, qui trouais tous mes pulls. Maman s'était gentiment moquée d'elle.

« Tu sais bien pourtant, que le dimanche on va se promener, avait-elle dit les bras croisés pendant que son aînée marchandait – peut-être, cette fois, pourrait-elle rester ?

— Comment tu fais pour qu'elles restent si propres ? » avais-je demandé. Je soupçonnais ma sœur d'avoir abandonné l'acte si bassement terre à terre de la marche, au profit de la lévitation. Elle flottait sûrement dans les couloirs de son lieu de travail, spectrale et hautaine, pour ne pas souiller ses souliers.

« J'évite les randonnées nulles sur les chemins boueux », avait-elle répondu sèchement en finissant de nouer ses lacets.

Rosie piaffait. Ses bottes de pluie bleu marine dûment enfilées, son ciré jaune pas fermé pour sentir s'engouffrer entre les pans du manteau le vent frais du printemps, elle n'en pouvait plus d'attendre. Il y avait les bourgeons à observer, les oiseaux qui revenaient, le petit corps tout entier tendu vers la promenade, ma petite sœur faisait mine de patienter mais elle tournait en rond dans l'entrée comme un fauve encagé.

Moi, au milieu, je ne savais pas ce que je voulais.

J'avais mis ma veste, chaussé mes bottines, rassemblé mes cheveux trop frisés pour éviter qu'ils ne s'emmêlent. J'étais faussement détachée, les mains dans les poches j'attendais que le conflit éclate ou que l'habitude imprime sa force sur la scène. Je n'avais pas compris, comme je le sais maintenant, que c'était justement une scène où tout le monde jouait son rôle, et que le conflit n'éclatait jamais parce qu'il n'était pas écrit, pas même envisagé. Franny était depuis longtemps trop indépendante pour qu'on la force à quoi que ce soit. À un moment dans l'histoire de nos dimanches, sa mauvaise volonté était devenue un ingrédient aussi indispensable à la tradition que la bonhomie de papa, que la mayonnaise, toujours maison, qui accompagnait les frites, ou que le bruit des pas de Rosie qui courait dans l'allée.

Ce dimanche-là, comme tous les autres dimanches, Franny avait fini par ouvrir la porte, et notre promenade avait commencé.

Le chemin était toujours le même. Descendre la pente douce qui liait la maison à la rue, tourner à gauche, remonter l'allée goudronnée et sortir de la petite résidence pavillonnaire où nos parents avaient décidé de nous élever. Le dimanche était le jour parfait pour observer les coutumes de nos voisins et les comparer aux nôtres. Au printemps, comme l'hirondelle revient faire son nid, les pères recommençaient à laver leur auto garée derrière les haies de thuyas qui protégeaient des regards leurs demeures semi-mitoyennes. Les mères étaient toujours invisibles – elles rangeaient sûrement les reliefs du repas, rinçaient les assiettes avant de les disposer soigneusement dans le lave-vaisselle, puis essuyaient leurs mains propres avant de remettre à leurs doigts les bagues qui témoignaient de leurs galons. Fiançailles, mariage, première fête des mères, dixième anniversaire de mariage.

Les enfants étaient au printemps aussi bruyants que les nichées d'oiseaux qui ne tarderaient pas à éclore dans les arbres alentour. Ballons de foot, trottinettes, vélos agrémentés de leurs petites roulettes, et pour les plus grands les scooters. Quelques années déjà que Franny détournait le regard, méprisante, quand un des grands dadais qui avaient grandi en même temps qu'elle faisait des allers-retours de plus en plus audacieux autour de notre petite troupe. Une fois, l'un d'entre eux avait tenté une figure acrobatique et s'était vautré à quelques mètres de nous. Papa s'était précipité pour l'aider, mais Franny, Rosie et moi étions restées plantées là, hilares, jusqu'à ce que maman, qui nous avait rejointes, nous gronde. Ce n'était pas très sympa, il aurait pu se faire très mal. Franny avait haussé les épaules et dit : « Tant pis, on n'ira pas au paradis. »

Je m'étais demandé à quoi ressemblait le paradis.

Au bout d'un petit quart d'heure de marche, on arrivait dans un très grand parc à moitié domestiqué seulement. Là où l'homme était intervenu, de grandes étendues d'herbe entretenue, un parcours sportif, un étang artificiel sur lequel avait élu domicile une famille de cygnes bien réels. Une aire de jeux pour enfants, que Rosie boudait à moitié – elle aurait sûrement aimé y passer de longues heures à y perdre le souffle, mais était intimidée par les autres, ah, ces autres. Plus on avançait dans le parc, plus la nature reprenait un semblant de naturel, bien que le chemin restât tout tracé, bien visible, et les panonceaux profondément enfoncés dans la terre meuble donnaient quelques indications ; là, vous vous trouviez devant un parterre d'ail des ours, ici, si vous aviez de la chance, vous pourriez apercevoir un chevreuil.

Et puis tout à l'est, il y avait la forêt.

On n'allait jamais dans la forêt, ni le dimanche ni aucun autre jour, ce n'était pas le chemin que prenait notre promenade et la routine avait imprimé son sillon bien profond dans la route que traçaient nos pas. On allait sans réfléchir.

La forêt appartenait à toutes et tous, nous avaient dit les parents. Elle était préservée. C'était à dire qu'elle était à nous, mais qu'on n'avait pas le droit d'y toucher, avait rétorqué Franny avec son sarcasme coutumier, mais on comprenait toutes les trois ce que ça voulait dire. Théoriquement, aucune entreprise ne pouvait y introduire ses machineries bruyantes pour y tuer les arbres, aucun chasseur ne pouvait s'y rendre, fusil au poing, pour y abattre les animaux. La forêt était à nous en ce qu'on pouvait s'y rendre, la respirer, la regarder et s'en laisser posséder.

Ce jour-là, pour la première fois, j'ai posé la question :

« Pourquoi on ne passe jamais par la forêt ? »

Les parents et Franny m'ont regardée comme si j'étais folle.

« On est déjà passé par la forêt…, a dit Franny d'une voix lente, comme on s'adresse à quelqu'un qu'on juge un peu limité.

— Je m'en souviendrais, ai-je rétorqué aussi sec en la toisant avec défi avant de me tourner vers papa, soudain vacillante. Non ? »

Mon père et ma mère ont communiqué silencieusement en une suite de regards impossibles à décrypter. C'est presque à l'unisson qu'ils ont répondu :

« C'est… possible que tu ne t'en souviennes pas, tu étais peut-être trop petite. »

Rosie s'était déjà désintéressée de l'échange, elle scrutait l'étang où se reflétait la lumière blanche du soleil, guettait les cygnons.

« Passons par la forêt aujourd'hui, alors ! » ai-je lancé avec enthousiasme, pour rencontrer face à la proposition un mur de silence un peu gêné.

Que Franny, avec sa flemme et sa morgue, n'ait pas eu envie de me faire plaisir, je pouvais comprendre, je m'y attendais, même. Mais les parents, ce n'était pas pareil. Ils auraient dû au moins envisager l'idée avant de la rejeter.

Maman avait mal au dos. Papa était fatigué. Rosie voulait aller voir les cygnes. Franny me regardait avec une intensité qui ne lui ressemblait pas, ou plus. On aurait dit qu'elle cherchait à déchiffrer un mystère que je ne voyais pas, ou alors pas encore.

J'étais à l'âge où tout peut devenir une montagne, si tant est qu'on mette assez d'énergie dans l'érection d'un drame. J'ai senti tout cela monter en moi, un sentiment d'injustice énorme. Je ne demandais jamais rien, ne réclamais jamais rien pour moi-même. J'avais hérité des vieux vêtements de ma sœur sans broncher, même si parfois elle me les avait légués trop tôt et que j'avais flotté quelques mois dedans avant qu'ils m'aillent à peu près, même si souvent j'aurais aimé ressembler à quelqu'un d'autre que « Franny en moins réussi ». J'étais allée aux cours de piano et d'équitation sans râler, même les mercredis pluvieux, venteux, froids, que j'aurais préféré passer enroulée dans un plaid à écouter le même vieux disque en boucle jusqu'à la nuit tombée. Je n'étais pas capricieuse, j'avais toujours été sage. Je voulais passer par la forêt, pourquoi donc me refuser ce tout petit souhait ?

Il est évident que le refus larvé de toute ma famille de me suivre dans ce qui n'était pas l'ombre d'une aventure n'avait fait qu'attiser un désir que je n'avais même pas en me réveillant ce matin-là. Il est tout aussi évident que me refuser la forêt, ce jour-là, m'était apparu comme une violence que je n'étais pas prête à endurer. Pour la première fois peut-être, j'ai imposé.

« Moi, je passe par la forêt. »

Franny a laissé échapper le petit rire méchant dont elle seule avait le secret. Papa et maman se sont à nouveau consultés du regard. Rosie a tiré sur ma main, ça prenait trop de temps cette affaire, les cygnons n'allaient pas nous attendre.

« D'accord, pourquoi pas, a concédé papa en haussant les épaules.

— On peut se retrouver de l'autre côté, a dit maman en se mordant la lèvre inférieure.

— Mais n'importe quoi, ça va lui prendre des plombes ! a fulminé Franny en levant les yeux au ciel trop bleu.

— Bon, on y va ?! s'est impatientée Rosie.

— Je suis sûre que le chemin de la forêt est plus court », ai-je affirmé en prenant l'air de celle qui sait mieux que tout le monde.

C'était pourtant indéniable, pensais-je. J'avais regardé la carte du parc plus d'une fois : le chemin de promenade bordait la forêt en un grand arc de cercle, tandis que celui qui la traversait allait presque tout droit. Les deux sentiers se rejoignaient au sud-est, pour former une nouvelle route qui ramenait les promeneurs à la sortie du parc, au sud. Je n'étais pas très forte en maths mais je me souvenais bien qu'un segment correspondant au diamètre d'un cercle était plus court que l'arc qui reliait les deux mêmes points à sa circonférence.

Personne n'a daigné confirmer ou infirmer ma déduction. On a continué à marcher jusqu'à l'orée de la forêt, Franny traînant des pieds plus fort que jamais, maman rassurant Rosie : oui, elles iraient voir les cygnes, oui, les cygnons attendraient – ils n'avaient pas vraiment de train à prendre.

Devant moi bientôt, les arbres resserrés. Le sentier s'y faisait fourche, il fallait choisir ; entrer enfin ou passer son chemin. Ce n'était pour moi plus une question de choix. La forêt m'appelait sans que j'entende sa voix. Ma grande sœur m'a tapé sur l'épaule dans un geste bizarre et maladroit. Rosie m'a serrée dans ses bras, soudain angoissée, silencieuse comme ça ne lui arrivait presque jamais. Les parents eux, désinvoltes, m'ont souhaité une belle promenade. « C'est bien que tu te passes de nous parfois », a dit papa en plantant sur le sommet de mon crâne un baiser affectueux. Je n'ai pas compris ce qu'il voulait me dire, mais dans la forêt, je me suis engouffrée.

Le supermarché

Je me souviens, le samedi après-midi, c'était courses. *Ce serait mieux un autre jour, c'est certain*, disait toujours papa, *mais c'est samedi et c'est comme ça.* Les parents usaient de mille ruses pour rendre cette corvée un peu moins désagréable aux enfants que nous étions. Promesse de goûter pris au Chuck's de la galerie marchande, arrêt obligatoire, caddie plein, au Vidéo Futur juste à côté pour louer le film du soir. En dernier recours, ils avaient un atout dans leur manche : nous laisser au rayon culture, supervisées par Franny qui, en fait de supervision, ne nous regardait pas du tout, trop occupée à écouter tous les CD deux-titres, gros casque au plastique pelucheux vissé sur la tête. Ça m'arrangeait bien, je pouvais ainsi piocher dans tous les livres, sans qu'on me retire un précieux tome des mains sous prétexte que ce n'était « pas de mon âge ». Les albums colorés à destination de « mon âge » ne m'intéressaient plus tellement. À la maison, je lisais souvent sans les comprendre les livres des parents, ceux avec les couvertures sérieuses, aux titres en noir sur fond blanc, qui parfois étaient reliés de cuir ou de tissu.

Un samedi après-midi, Franny avait décidé d'être profondément accaparée par la pop sucrée déversée par les stations d'écoute, je crois bien que Rosie n'était pas là. Pas encore née, gardée ailleurs ?

Impossible à dire. Je me souviens que ce samedi en particulier, aucun des livres des grands n'avait aimanté mon œil, aucun roman pour enfant à couverture souple non plus. J'avais peut-être déjà lu tous les *Club des Cinq*. J'étais sans doute attirée par les lumières, néons accrochés au plafond si haut de l'hypermarché, ou par une tête de gondole savamment arrangée. J'ai quitté le rayon culture et son odeur de papier neuf et blanchi, j'ai erré.

Les beignets au chocolat tout juste saupoudrés de sucre glace avant d'être disposés dans leur barquette en plastique transparent étaient-ils encore chauds ? Tous les promeneurs du samedi après-midi passaient-ils devant la poissonnerie en respirant par la bouche et en détournant le regard, comme nous le faisions, dégoûtés par la vue des saumons et leur odeur de mort salée ? La crèmerie contenait-elle toutes les sortes de fromages du monde, et lequel était le meilleur ? De loin en loin, je commençais à chercher les silhouettes familières des parents. Les cheveux courts et bruns de maman, son écharpe tricotée enroulée autour de son cou pour tenir éloigné le frisson du rayon surgelés. Le crâne chauve de papa, son pas un peu plus élastique. Souvent il glissait dans les larges poches de son manteau gris-vert les petits produits qu'il allait chercher pendant que maman restait dans l'allée centrale avec le chariot. Paquets de parmesan, épices à pâtes, s'il oubliait de les présenter en caisse, il retournait s'en excuser et insistait pour les payer.

Il y a eu au moins un samedi où je ne les ai pas trouvés. Pour la première fois, j'ai pris conscience de l'immensité de l'hypermarché – jusqu'alors j'avais cru qu'il s'appelait ainsi parce qu'il était

« hypercool », puisqu'on y trouvait tout. Soudain, j'ai réalisé que j'étais minuscule et que les rayonnages me surplombaient d'au moins trois fois ma hauteur. Mes petites jambes engoncées dans un gros collant en laine ont parcouru les allées à un rythme de plus en plus soutenu. J'ai tenté de garder l'apparence du calme, de la normalité. Rien n'aurait été plus humiliant, plus glaçant, que d'être l'enfant perdu qui attendait ses parents à l'accueil du magasin, signalé par une voix métallique et faussement enjouée résonnant de haut-parleur en haut-parleur, de long en large dans tout l'hyper.

Ce qui me terrorisait vraiment, dans le scénario où je serais parvenue à retrouver le fameux accueil du magasin (ce n'était pas garanti, tout se mettait à tourner, tout se ressemblait), c'était qu'une fois le message lancé, les parents ne viennent pas.

Qu'ils mettent de très longues minutes, préférant peut-être même finir leurs emplettes avant de se mettre en branle, ce n'était pas bien pressé, il n'y avait pas le feu au lac. Ou bien qu'ils n'entendent pas l'annonce, et partent sans moi. Papa ne verrait pas mon visage, habituellement au milieu de son rétroviseur intérieur, mais il ne s'en émouvrait pas ou alors trop tard, j'aurais déjà été emmenée, donnée à la DDASS (dans mon esprit juvénile, la DDASS était une espèce d'orphelinat géant où on déposait les enfants comme des objets trouvés). Pire du pire, ils pourraient aussi entendre l'annonce – qui ne l'entendrait pas, à moins d'être en train d'essayer un casque anti-bruit au rayon bricolage ? – et décider de me laisser là.

C'était pour éviter de donner à mes parents la possibilité de m'abandonner qu'il me fallait à tout prix les retrouver.

Se perdre

Ça devait se compter en minutes, j'avais tablé sur une centaine d'entre elles, concentrées en grappes sur le chemin qui se dessinait clairement devant moi. Les arbres autour étaient plus clairsemés qu'ils le seraient plus tard, je m'en doutais, et d'ailleurs leur espacement large et généreux, qui me faisait l'effet d'une intervention humaine maladroite, me donnait froid. Pas dans le dos, pas à la manière d'une histoire d'épouvante ou d'un *Conte de la crypte*. Juste froid, comme si la forêt n'était pas assez couverte à mon goût, qu'il lui fallait se remplumer. J'avais serré autour de mes épaules le col ouvert de ma veste de mi-saison, haussé les épaules, et commencé à marcher. Pas un regard en arrière, j'étais trop fière pour cela, alors je n'ai pas su si les parents m'avaient observée m'avancer dans les bois, et si oui, quelle couleur avait leur regard. Étaient-ils fiers, inquiets ? Curieux de voir à quoi je ressemblerais à nos retrouvailles de l'autre côté ? Franny, c'était sûr, avait déjà tourné le dos et, sa main sur l'épaule de Rosie, elle avait emmené sa toute petite sœur là où le ciel restait ouvert et prévisible.

Je m'étais imaginé une promenade facile, les yeux grands ouverts j'allais me repaître de la vie qui grouillait sous chaque feuille, sous chaque morceau d'écorce. C'était oublier que j'étais une fille du bitume et de la brique, plus familière de l'odeur d'essence dans les parkings souterrains que de celle de l'humus, et que j'aurais été incapable de distinguer un hêtre d'un frêne, même si ma vie en dépendait. Je n'avais jamais vraiment marché que sur les étendues faciles de goudron et de graviers, et alors même que le sentier de promenade dans la forêt était parfaitement praticable, très vite je me suis pris les pieds dans ses rares anfractuosités. J'ai pensé : *J'aurais dû mettre mes chaussures de randonnée*, alors que je n'avais pas de chaussures de randonnée. Des décennies de pluies tombées en gouttes concentrées par les frondaisons avaient dénivelé le terrain, quelques arbres rebelles avaient étendu leurs racines loin de leur tronc et à fleur de la terre. J'ai manqué tomber dix fois, vingt fois, avant de décider de me concentrer vraiment sur chaque pas que je ferais.

Alors seulement j'ai réalisé, combien j'étais seule.

Les promenades du dimanche étaient, d'aussi loin que je m'en souvenais, des instants bruyants. D'une familiarité à la banalité presque vulgaire, ils résonnaient toujours des grandes discussions qui animaient les parents, auxquelles Franny ou moi prenions quelquefois part, et des disputes inoffensives qui ne manquaient jamais d'éclater dans la sororie disparate que nous formions toutes les trois. Dans l'étonnant silence de la forêt, mes oreilles étaient encore pleines des voix de ceux que j'avais quittés, et j'ai été hérissée du sentiment aigu qu'eux continuaient leurs conversations et leurs sottes querelles, qu'ils n'avaient pas besoin de ma présence pour se sentir appartenir au genre humain. Moi, entourée d'une faune et d'une flore inconnues, très vite j'ai douté de l'agencement même de mes atomes. J'étais peut-être un caillou, pour tout ce que j'en savais. J'ai lutté contre l'envie de me mettre à parler toute seule, à chanter, pour me rassurer. Si j'étais un caillou, je voulais en faire une expérience totale.

Il ne m'est pas apparu étrange que la forêt qui se nichait au creux du grand parc régional soit vide d'autres promeneurs. J'étais seule et c'était bien normal.

Je n'étais pas capable de m'identifier aux fougères, aux coléoptères. Mais aux mammifères, oui. J'ai guetté les signes de leur présence, empreintes de pattes, déjections, m'arrogeant des talents de pisteuse. J'ai tendu l'oreille, j'ai attendu. J'ai marché avec précaution pour n'effrayer rien ni personne, mais je n'ai rien vu et je n'ai rien entendu. J'ai fini par rentrer en moi-même, comme il est coutume de le faire quand on n'arrive pas à se brancher au monde. J'ai continué d'avancer mais à l'intérieur de moi, j'étais une petite fille boudeuse aux bras croisés sur sa poitrine et aux sourcils froncés, les coins de la bouche lestés. Même les chevreuils ne voulaient pas jouer avec moi.

Qu'attendais-je des chevreuils qu'ils ne me devaient pas ?

La forêt ne m'avait rien promis. Si la solitude m'apparaissait aussi inévitable qu'insupportable, ce n'était pourtant pas aux chênes, aux chevreuils ou aux chenilles de pallier l'absence des miens. J'étais une grande fille. Je n'avais besoin que de moi-même. J'ai rassemblé mon courage comme on veut rassembler autour de soi un sable fin qui s'écoule. Passoire fuyante, petite bravoure. J'ai resserré les bretelles de mon sac à dos, vaillante petite scoute, rentré la tête dans mes épaules, regardé autour de moi pour anticiper où me mèneraient mes pas.

Perdue dans mes pensées, j'avais perdu le senticr.

La cantine

Je me souviens qu'au lycée, j'ai arrêté de manger. Ce dont je ne me souviens pas précisément, c'est quand ça a commencé.

Le comment et le pourquoi sont clairement imprimés dans ma tête. Mais quand ? Quel jour, précisément ? Moi qui ai besoin d'exactitude, me voilà bien marrie.

Le lycée était au bout de ma rue, mais la rue était très longue et je n'aimais déjà pas beaucoup marcher. Je prenais le bus, lequel passait devant chez moi et allait dans la direction opposée, pour faire le tour de tous les villages alentour et collectionner les lycéens mal réveillés, mal dans leur peau et mal élevés que nous étions toutes et tous, à divers degrés. Je me levais si tôt que c'en était absurde, j'en avais mal aux cheveux et l'estomac recroquevillé. Pas de petit-déjeuner.

C'était peut-être là, le tout début, quand j'ai choisi de me passer du repas le plus important de la journée. Pente glissante que j'ai dévalée, car quelques semaines à peine après la rentrée, je sautais les déjeuners.

Il fallait voir, aussi. La cantine. Il fallait faire la queue dans le grand hall qui servait de cour intérieure quand il faisait trop moche dehors, et qui portait le nom pompeux de « forum ». Il fallait prendre un plateau, des couverts, ne pas oublier le verre, le pain de mie blanc et insipide, *une entrée un plat un dessert* et s'il y avait du rab on le saurait. On payait avec une carte de plastique blanc qu'il fallait recharger en déposant dans la boîte aux lettres de la vie scolaire une enveloppe marquée de notre nom, qui contenait un chèque. C'était pour moi étrange et trop transactionnel. Au collège, la cantine était payée au trimestre, avec le reste de la scolarité, je n'étais pas confrontée à l'échange de monnaie. Je n'avais pas conscience (quel privilège) que mes parents *payaient* pour que je puisse manger avant de retourner essayer de comprendre en quoi consistait la trigonométrie.

Enfin, il fallait s'asseoir. Choisir une table. Quand on avait des potes, c'était facile, il suffisait de suivre le mouvement, et alors il importait peu que la longue table soit déjà occupée par un duo ou un trio d'ados qui s'auto-suffisaient. C'était d'ailleurs un mouvement naturel, on n'interrompait pas sa conversation en se demandant : *Mais où va-t-on bien pouvoir s'asseoir ?* On avait un corps en pilote automatique, et l'esprit tout accaparé par la camaraderie.

Moi, je faisais la queue en silence, inspectais d'un œil dégoûté la proposition culinaire (semoule et mayonnaise, filet de lieu bouilli), regardais l'océan de tables et de chaises infesté de requins qui n'étaient que mes pairs, sans jamais me sentir appartenir.

La cantine était immense et un de ses côtés, entièrement vitré, donnait sur la cour extérieure où allaient et venaient les demi-pensionnaires qui n'avaient pas été convaincus par le menu et séchaient la cantine, et les externes qui avaient opté pour le seul kebab de la ville. Assise seule à mon bout de table, je sentais dardés sur moi les yeux forcément moqueurs ou pleins de pitié des trois mille lycéens socialement adaptés.

Il n'a pas fallu longtemps pour que je préfère passer l'heure de la pause au CDI, prétendant n'avoir pas faim et préférer la compagnie des livres. La vérité, c'est que j'étais affamée et que les livres sont de piètres compagnons quand on leur en demande plus qu'ils ne peuvent donner, mais c'est ainsi, je me souviens, que j'ai arrêté de manger.

Se blottir

Je ne sais pas depuis combien de temps je marche, on dirait une éternité. Il me semble que le jour commence à décliner. Ça ne peut pas faire si longtemps, pourtant, c'est improbable. Je martèle ces trois syllabes, *im-pro-bable*, sur le tambour de ma tête tandis que je continue d'avancer à la recherche du sentier que j'ai perdu. Je suis trop bête, le chemin était si clairement dessiné, comment ai-je pu le perdre de vue ? On ne parle pas là d'un enfant de trois ans qui aurait trop d'énergie et qui aurait échappé à ma vigilance, on parle d'un chemin, non seulement parcouru par des milliers de personnes avant moi, mais en plus façonné par l'homme. Il n'a pas pu simplement *disparaître*, alors la seule explication est que je n'ai pas fait attention. Toujours dans la lune, celle-là, jamais attentive à ce qui se déroule sous ses yeux, si c'était possible un jour elle oublierait sa tête.

J'avance et la lumière tombe. Je lève les yeux bien au-dessus de moi et ne vois plus la canopée – peut-être s'est-elle retirée pour la nuit, ou alors elle est bien trop haut dans le ciel. Le plafond de la forêt s'en retrouverait élevé de plusieurs dizaines de mètres, une coupole de feuilles invisibles à un œil nu et trop proche du sol. Ça expliquerait l'absence des étoiles, de la lune et des lumières de la ville qui se reflètent d'ordinaire sur l'air épais de l'atmosphère, donnant à certains soirs des allures d'apocalypse à l'orange.

C'est sûr maintenant, une nuit commence à s'installer. Et moi, je suis suivie. Je frissonne d'inconfort, voilà de longues minutes déjà qu'une présence me joue des tours. Tantôt à quelques mètres devant moi, tantôt sur ma droite, j'entends les feuilles des buissons et les herbes hautes bruire sous les pas d'une créature que je ne vois pas. Je fronce les sourcils pour concentrer mon regard, mais toujours le prédateur m'échappe – ça y est, c'est dit, je me sens traquée. S'impose alors la poisseuse vérité, je suis une femme seule dans une forêt. S'il m'arrivait quoi que ce soit, je n'aurais même pas l'excuse, jamais acceptée cependant, d'être en train de courir. On ne titrerait pas en couverture du journal local : « La joggueuse du dimanche enlevée dans le bois ». Peut-être que je m'évanouirais sans laisser aucune trace et mes parents ne sauraient quoi dire. *Non, on ne va pas dans la forêt d'ordinaire, mais cette fois c'est vrai qu'elle avait insisté.* La police conclurait à une fugue, des grandes filles comme ça qui disparaissent, c'est souvent qu'elles veulent tout plaquer et tout recommencer, c'est connu. Elles ont bien le droit de détester leur petite vie étriquée et d'aspirer à meilleur ailleurs. Satanées bonnes femmes.

Mes frissons se transforment en secousses anarchiques d'un corps qui tente le tout pour le tout pour générer chaleur et assurance. Là ! J'ai vu quelque chose, une lueur malfaisante. La torche d'un de ces mecs qui poursuivent leur proie en silence pendant des heures avant de lui sauter à la gorge, toujours sans mot dire. Quelqu'un me veut du mal, c'est sûr. Même pas à moi en particulier, mais à ce que je représente. Une femme seule dans une forêt. C'est trop de liberté, c'est presque obscène, qu'est-ce qu'elle a à faire entre les arbres et les fourrés ? La scène a quelque chose d'une chasse aux sorcières oubliée. J'ai rendez-vous avec l'occulte, il faut à tout prix m'empêcher.

Dans mon imagination fertile, la silhouette qui me traque se fait protéiforme. Grand méchant loup des contes de fées, tueur cauchemardesque aux longues griffes acérées, banal ex-copain jaloux que je lui aie échappé. Elles sont nombreuses les ombres à peupler, tant on m'a dit et répété qu'une femme seule (ne parlons même pas de la forêt) était une espèce particulièrement tendre de gibier.

Je cours. Que puis-je faire d'autre, pour tenter même en vain de sauver ma peau ? Je cours sans plus me soucier de me perdre, on s'inquiétera de retrouver la vignette « Vous êtes ici » plus tard, je suis ici mais je ne suis nulle part, si je ne suis pas en sécurité. Mes chevilles s'éraflent à des ronciers, mes bras sont fouettés par les branches tombantes d'essences dont je ne pourrai apprendre le nom que si je survis à la nuit, je cours jusqu'à en perdre haleine. Dans la gorge, le goût ferreux du sang pompé trop fort par un cœur en déroute, ce n'est pas souvent que les petites meufs comme moi doivent tout donner en cardio. Ma prof de sport de troisième m'encourage dans un coin de ma tête : *Allez encore un peu, allez, tu peux le faire*. Les arbres se resserrent comme un dernier étranglement avant le coup de grâce, et enfin j'atterris, genoux et paumes dans la terre, à l'orée d'une clairière.

Je respire mieux. L'air qui circule plus librement entre les troncs espacés me donne la fugace sensation d'être sauvée, mais cela peut-il être vrai ? Je jette un regard en arrière et je les vois, les yeux jaunes qui me poursuivent depuis tout ce temps, ils sont là encore, ils m'ont retrouvée. Et maintenant je n'ai nulle part où me dérober à eux, rien pour me protéger. À mes pieds se déroule un tapis de mousse épaisse, alimentée depuis des siècles par la décomposition naturelle des éléments, par l'humidité du milieu, la faible luminosité. Tout ce qui me fait peur ce soir – est-ce seulement le soir ? Rien ne peut m'aider à l'affirmer avec certitude – et qui nourrit la vie, quand on n'est pas une femme seule dans une forêt.

Mes yeux s'accoutument, je décèle de plus nombreux reliefs dans ce qui m'était apparu au départ comme une grande étendue d'un gris bleuté tout du même grain. Il y a la mousse sous les pieds, oui, mais il y a toujours des arbres, toujours des cachettes. J'arpente la sommière à la recherche d'un tronc plus épais qu'un autre, la tête tournée toujours vers l'arrière, toujours à l'affût d'une silhouette qui se découperait plus franchement, qui bloquerait le peu de lumière me parvenant encore, et qui dirait enfin son nom. J'en veux à celui qui me traque d'être aussi lâche ou aussi sadique, moi mon cœur s'affole puis se calme et s'emballe à nouveau au moindre craquement de branche, si je succombe ce sera peut-être à cause de ces montagnes russes, avant même que l'assaillant ne passe à l'acte.

Je n'y vois tout de même pas grand-chose alors je me dirige en tâtonnant, d'écorce en écorce. Sous mes paumes malhabiles j'essaye de distinguer un refuge, une trouée. Le chemin, s'il voulait bien réapparaître. Dans un recoin de clairière je le trouve enfin, mon abri. Il a la forme d'un arbre creux, j'y colle le visage de Grand-Mère Feuillage, je cherche dans son tronc évidé la place de me loger. Je veux me recouvrir des feuilles qui pourrissent au sol, masquer mon odeur apeurée, je veux ramener mes jambes sous moi et disparaître quelque temps derrière l'épaisseur rassurante, forcément impénétrable, des ans qui ont creusé leurs cercles indélébiles dans la chair même de l'arbre. Dos rond contre lui, je m'amenuise. Je scrute intensément l'extérieur, s'il me retrouve, je veux le voir venir.

Je suis réveillée par une moiteur désagréable qui chatouille ma joue dans le noir compact d'une nuit douteuse. Les yeux jaunes, immenses, dardent sur moi leurs reflets d'or.

Le souterrain

Je me souviens qu'il y faisait sombre, froid, humide, qu'il y flottait une odeur d'urine. Je ne sais plus si ce décor est véritable, ou bien fabriqué pour mieux correspondre à la réalité de ce que j'y ai vécu. Je ne sais pas si je supporterais d'avoir été acculée dans un souterrain adéquatement ventilé d'où aurait émané une fraîche odeur de détergent récemment appliqué.

Pour aller à la gare depuis le lycée, il devait bien exister une dizaine de chemins et je ne connaissais pas encore le plus court, le plus efficace. C'était un problème, car j'étais souvent en retard, la dernière à ranger mes classeurs dans mon sac à bandoulière au cuir élimé hérité des études de ma mère. Il fallait donc qu'ensuite je cavale à travers la ville, le dos voûté sous le poids des livres, et je priais pour ne pas rater le seul train qui me ramènerait chez moi, chez nous, dans la maison au bout de l'allée gravillonnée. Comme j'aurais aimé que tout soit plus près.

J'avais changé de lycée, la cantine était de nouveau payée trimestriellement par un virement parental consciencieux. Elle revêtait maintenant un caractère obligatoire, pionne à l'entrée avec sa liste de prénoms à cocher, présence surveillée. Je m'arrangeais toujours pour manger le moins possible, mais je ne pouvais plus tout bonnement esquiver. De plus, quelque chose de mon éducation catholique me faisait rechigner à jeter l'intégralité du plateau qu'on me servait, entrée plat (viande légumes féculent sauce) dessert pain de mie fromage. Une fois devant l'étalage de nourriture je grignotais au moins un peu, je pensais aux *petits enfants en Afrique*, ceux qui, d'après ma mère, auraient tout fait pour avoir accès aux pâtes trop cuites noyées dans la margarine végétale et arrosées d'une bolognaise à la fois aqueuse et insipide. Les ventres tendus par le kwashiorkor sur des squelettes aux os pointus, étalés sans pudeur ni pitié dans les manuels de SVT, se rappelaient à mon souvenir coupable. Je mangeais donc un peu et seule. Jusqu'à ce qu'il me trouve.

Comme on trouve un galet vaguement intéressant sur une plage recouverte de millions d'autres galets similaires.

Comme on trouve un insecte déjà un peu boiteux, alors ce ne serait pas très grave si on lui arrachait une patte, juste pour voir.

Je ne me souviens plus de son prénom mais tout de son physique me revient, par vagues, dans les moments les moins congrus. Il avait l'air vieux et c'est parce qu'il l'était. J'avais quatorze ans et, double redoublant, il en avait vingt – autant dire un senior à mes yeux. Ses cheveux d'un blond sale étaient longs et noués en catogan, il portait des lunettes aux montures fines qui étrécissaient ses yeux bleus, et je ne le vois qu'enveloppé dans un grand manteau en laine noire. Il n'était pas très grand, mais il m'a quand même laissé l'impression d'une fatalité. Il était inévitable, toujours il me guettait.

Il a jeté sur moi son dévolu et je suis devenue la petite nouvelle qu'il abritait sous son aile de vautour. Je n'aimais ni ses blagues que je ne comprenais pas, ni sa présence collante comme un chewing-gum sous une table. Je ne disais rien pourtant, et je l'endurais. Quelque part je me disais que je n'avais pas le droit de repousser une attention qu'on me porterait, aussi dégoûtante qu'elle soit.

Un soir que j'étais déjà en retard, il m'a retenue, ralentie, et quand j'ai paniqué devant l'heure qu'affichait la vieille horloge dans le hall d'entrée, il m'a promis de me sauver la mise. Il allait me montrer un raccourci, je serais à la gare en cinq minutes. Bien sûr que je l'aurais, mon train, il s'en portait garant.

En guise de raccourci, il a entrepris de me perdre dans des dédales de ruelles dont j'ignorais l'existence avant d'y mettre les pieds. Confuse, je ne comprenais pas pourquoi on mettait autant de temps pour arriver à destination. Je me taisais pour ne pas lui rappeler que j'étais là, qu'il pouvait me jeter sous une voiture et que personne n'en saurait rien. Mais lui, il savait bien ce qu'il faisait. Il le savait tellement bien que lorsqu'enfin on est arrivés devant la gare, le dernier train de la journée était déjà à quai. J'ai couru, le cœur battant trop vite pour juste un train que j'allais rater, et il marchait derrière moi d'un long pas élastique, beaucoup moins pressé. On était tous les deux dans le souterrain quand le sifflet a retenti, quand le train s'est ébranlé. Il est passé au-dessus de nos têtes et mon cœur s'est arrêté.

Alors il a ri. J'étais à bout de souffle et je reniflais la morve épaisse mêlée de larmes qui n'en finissait plus de couler de mon nez rougi par le froid, et lui riait. Il a dit : « Tu croyais vraiment que j'allais t'aider ? Trop mignonne », et c'était trop. Trop cruel, trop menaçant. Trop sale d'être *mignonne*. Me sont revenues en mémoire les trop nombreuses fois où il m'avait plaquée contre un mur dans le couloir du bâtiment de physique-chimie pour jouer avec une mèche de mes cheveux. Commenté d'une voix doucereuse ma manière de manger une barre de chocolat, de croquer dans une pomme. La moiteur de son haleine contre ma joue, trop proche, trop proche. J'ai détalé en sens inverse, remonté les marches quatre à quatre pour récupérer du signal téléphonique et j'ai appelé mon père.

« Pardon papa, j'ai raté mon dernier train, ai-je dit en suffoquant, et quand il m'a grondée, même pas fort je m'en souviens, j'ai fondu en larmes. Viens me chercher s'il te plaît. »

Je tournais le dos à la sortie du souterrain car je refusais de revoir ce visage satisfait de m'avoir terrorisée.

« Bien sûr que je vais venir te chercher, je ne vais pas te laisser là toute la nuit ! Pourquoi tu pleures, voyons, c'est pas si grave ma chérie », a répondu mon père, je crois, de sa voix chaude qui éloignait tous les cauchemars. Je l'entendais rassembler ses affaires, le tintement des clés dans sa main, il disait aux autres que c'était moi, que j'avais raté mon train.

« Dépêche-toi s'il te plaît. »

Quand j'ai prononcé ces mots de ma plus petite voix, j'ai entendu un rire s'élever derrière moi. J'ai frissonné, j'ai rassemblé tout mon grand corps trop frêle et je me suis serrée contre moi-même, tâchant de retrouver au plus profond l'empreinte des étreintes rassurantes qui m'avaient déjà sauvée, mais elles étaient perdues, j'ai craint à jamais. Je me suis éloignée. Le téléphone toujours fermement vissé à mon oreille, je suis sortie de la gare vide en passant devant son guichet fermé, et je me suis assise par terre, sur le trottoir, devant l'entrée. Mon père me verrait tout de suite, il n'aurait qu'à ralentir à peine pour que je puisse m'engouffrer dans la voiture, pour qu'il m'enlève à cette épreuve.

Dans le téléphone j'ai entendu la voiture de mes parents démarrer. Mon corps soudain pris de violents frissons, je me suis encore ramassée, recroquevillée, j'ai tendu mon sweater par-dessus mes genoux serrés contre ma poitrine. Il fallait emmagasiner ma chaleur pour ne pas la perdre, je la voyais s'échapper de moi au moindre mouvement, et elle contenait ma force vitale, dont j'aurais besoin jusqu'à mon sauvetage.

Mon père conduisait à toute allure dans la campagne qui séparait la maison aux lumières d'or et la ville où tout était trop violent, les gens trop méchants. Tout le monde savait que je n'étais pas prête pour ça.

Il ne raccrochait pas.

L'homme qui aimait faire peur aux petites filles a disparu ce soir-là sans plus m'approcher – il m'accuserait le lendemain, quand je refuserais de le saluer, de n'avoir que peu d'humour, d'être totalement coincée. Ses amis le croiraient, riraient de moi ; tant pis, ce n'était pas les miens.

Avec mon père, on n'a jamais reparlé du jour où il m'a sauvé la vie, mais je crois qu'il le savait. Quand on est enfin arrivés à la maison, il a ouvert ma portière et je suis tombée dans ses bras, épuisée et à peine consciente, courbaturée d'avoir bandé tous mes muscles pour ne pas fondre, de peur et de honte mêlées. Il m'a serrée très fort jusqu'à ce que mes os puissent à nouveau me porter.

Traverser

Dès que nos regards se croisent, le renard recule. Il continue de me fixer, intensément.

Dans la culture traditionnelle coréenne, voir un renard est un présage de mort. L'animal pourrait vivre des centaines voire des milliers d'années, puis atteindre sa forme mythique la plus dangereuse : celle du *kumiho*, le renard à neuf queues qui dévore le cœur ou le foie des hommes les moins avertis. Dans la série *Lovecraft*

Country, Atticus, jeune soldat noir-américain envoyé en Corée, y rencontre une belle infirmière, Ji-ah. Celle-ci est possédée par un *kumiho*, et use de ses charmes pour piéger les militaires jusque dans son lit où ils connaissent une mort violente. Le *kumiho* se cache traditionnellement toujours sous les traits d'une femme à la beauté irrésistible, convoquant dans son sillage une foule de mythologies similaires. Rien que chez les Grecs : les sirènes d'Ulysse et leurs voix envoûtantes – leur physique l'est beaucoup moins –, Lamia dévoreuse d'enfants, Méduse à la tête hérissée de serpents et le Sphinx, aussi énigmatique que terrifiante, composent un bestiaire de tous les dangers. Ces femmes sont-elles des monstres, ou ces monstres sont-ils femelles ? Quelle identité prime sur leur carte ?

Je ne sais pas toujours moi-même si je ne suis qu'une femme, au sens beauvoirien du terme, ou si j'ai assez cultivé ma colère, ma désobéissance et mon mépris pour être monstre d'abord. Pour ne jamais appartenir tout à fait à la caste des femmes, les trop belles pour être honnêtes, les trop gentilles pour être prises au sérieux, les trop bêtes pour être crues.

Dans *Lovecraft Country*, le *kumiho* ne possède pas Ji-ah par hasard. C'est la seule manière qu'a trouvée la mère de la jeune femme pour protéger sa fille des violences sexuelles dont elle est victime. Le *kumiho* lui donnera la force physique nécessaire pour repousser et tuer son tout premier agresseur, son beau-père. Mais elle ne pourra se libérer de cette intrusion dans son corps et dans sa psyché qu'une fois quatre-vingt-dix-neuf autres hommes sacrifiés pour nourrir le démon. L'esprit empêche Ji-ah de découvrir une sexualité heureuse, car il se réveille et prend le dessus quand elle expérimente le plaisir. Il lui permet aussi de se débarrasser d'odieux personnages – les rues de Daegu, en Corée du Sud, pullulant alors de soldats américains qui prennent les femmes sans consentement ni prévenance. C'est une présence ambiguë pour Ji-ah que ce renard à neuf queues. Un mécanisme de protection, une arme de vengeance, un filtre qui colore toutes ses expériences avec l'autre sexe, le tout dans une violence extrême. Au regard du contexte de la série, pas plus que la guerre, le colonialisme et le racisme, pas plus que les violences sexuelles qui préexistaient au surnaturel dans la vie de Ji-ah. Le renard à neuf queues pourrait être l'avatar du traumatisme et de la résilience d'une jeune femme qui n'a d'autre choix que la violence pour survivre. Voilà qui est un peu plus intéressant que l'image réfractée par un mythe dotant les très belles femmes de pouvoirs maléfiques qu'elles utilisent sur les hommes pour mieux les détruire. N'auraient-elles pas des raisons de se venger, ces monstresses, n'auraient-elles pas enfoui en elles une histoire de la violence qui expliquerait ces visages tordus, déformés par la haine… ou peut-être aussi la douleur, l'horreur ?

Le mythe du renard à neuf queues prend ses racines dans plusieurs cultures du sud-est de l'Asie : il a ses variantes en Corée, en Chine, au Japon, au Vietnam, et il n'est pas toujours une entité malveillante. Il y a là une brèche laissée par les temps jadis pour m'y engouffrer, monstre femelle, femme monstre. Pour raconter d'autres récits que ceux, cruels, où les crocs féminins se plantent dans des chairs innocentes sans raison apparente. Alors que des raisons il y en a tant, et qu'elles font partie de notre histoire.

Quand j'ouvre les yeux, il est toujours là et il n'a qu'une seule queue. Il fait toujours sombre, et sa silhouette se découpe, élancée, pointue, contre l'obscurité plus nuancée de l'arrière-plan forestier. On dirait qu'il a plus de corps, plus de consistance, que le reste de la scène. Je tâtonne autour de ma corporalité, essaye de comprendre où sont mes contours, où je termine. Si j'ai de la substance, moi aussi, ou si je ne suis qu'une ombre parmi les autres. Si seul le renard est réel, ou si je peux prétendre moi aussi appartenir à ce plan de l'existence.

Il est assis à une certaine distance de moi. Si je tends la main, je ne l'atteins pas – tout juste je le frôle. Le savait-il, l'a-t-il décidé ? S'est-il dit qu'ainsi il serait sain et sauf, ou a-t-il voulu me rassurer, moi ? Tout mon corps recroquevillé peine à se déplier, dans le creux de l'arbre qui m'a accueillie, bercée. Le renard se lève lentement, au même rythme que celui avec lequel j'étends mes jambes et les muscles qui les tendent. Les fourmillements réveillent ma chair encore engourdie pendant que la bête, impassible, fait quelques tours sur elle-même sans me quitter du regard et en déplaçant l'obscurité avec elle.

Une fois à la verticale, je ne suis pas plus avancée. Il n'y avait visiblement pas de tueur assoiffé de sang lancé à mes trousses, mais il n'en reste pas moins que j'ai perdu le chemin sans promesse de le retrouver. Jugulant la panique qui veut se ressaisir de tout mon être, je me souviens de l'existence de mon sac à dos, de son contenu censé être salvateur. J'y pêche des pansements, un spray d'antiseptique, et un téléphone dernier cri à la batterie pratiquement vide. Je l'en extirpe et après avoir constaté l'absence de tout signal, allume la lampe torche que je m'applique à ne pas braquer dans les yeux sensibles du renard.

L'animal a regardé mes mouvements saccadés la tête un peu penchée sur le côté. Je l'intrigue, il ne fait en tout cas pas mine de me laisser. Il piaffe, même, l'air impatient. Pour la deuxième fois, il s'approche assez pour nicher son museau triangulaire au creux de ma main froide. Il appuie sa tête contre ma paume et quand le contact est bien établi, il s'extirpe, me fixe, puis me tourne le dos et avance. Trois pas, quatre, il se retourne, me fixe encore. Il ne veut quand même pas que je le suive ? Non, les animaux ne veulent pas, les animaux sauvages se fichent bien des humains.

Suis-moi.

Sursaut.

Je renfile les bretelles de mon sac, le téléphone au bout du bras éclairant quelques pas devant moi sans pour autant m'indiquer où je me trouve. Ce qui aurait servi, ç'eût été une carte, un vrai bout de papier, fragilisé le long de ses pliures et corné dans les coins. En l'absence du tangible, je m'en remets à la petite créature très digne qui me fixe, toujours, et au mouvement de balancier de sa queue en panache.

Le renard s'enfonce dans l'épaisseur de la forêt que j'ai fuie quelques heures plus tôt, laissant derrière lui la clairière où j'avais trouvé refuge. J'hésite encore un peu, c'est folie, d'ailleurs il ne m'a rien dit, ce renard, il rentre sûrement juste chez lui. Et moi, c'est où chez moi ?

En tout cas, il sait très bien où il va. Il se faufile, plus agile que je le serai jamais, entre les grosses racines et les ronces qui parsèment une piste perceptible uniquement à ses yeux nyctalopes et à son odorat affûté. Les miens, de sens, sont émoussés par les miettes de sommeil qui pendent à mes os et le souvenir visqueux du souterrain qui jusqu'alors était resté presque oublié. Je ne me fais pas confiance, ni à ma mémoire ni à mon instinct de préservation.

Je trébuche à nouveau, retour à la case départ. J'en doutais mais j'en ai maintenant la preuve : le renard m'attend. Quand je m'arrête pour masser une cheville foulée, il marque la même pause, quelques mètres en avant de moi. Je pense à la voix sarcastique de Franny qui me dirait que je délire, et peut-être que c'est elle qui aurait raison. Mais elle n'est pas là, et je peux choisir ce que je vois et le sens que ça a. Je décide qu'en l'absence d'alternative sensée, je peux m'abandonner au déraisonnable.

Cet état d'esprit vacille dès que je vois se dessiner, au plus loin que me laisse le deviner la forêt, la forme fantomatique d'un pont à l'aspect étrangement fragile. Du bois et de la pierre, rien qui laisse présager un effondrement, un quelconque danger. Pourtant j'ai peur. En contrebas, très clair, le fracas d'une eau violente. Un torrent impossible à contourner. C'est la rivière vivante qui traverse la forêt et puis la ville aussi, qui s'emballe en son cœur le plus secret, là où ça ne gêne personne à part moi qui n'ai rien à faire là. Moi qui, la pointe des pieds mollement rapprochée du bord, constate que le ravin n'est pas très profond, mais que ça ne calme pas la terreur qui court dans mes veines au même rythme que l'eau vive.

Sur l'autre rive, le renard attend. Le torrent m'emplit, me glace. Il n'y a aucune raison d'avoir peur mais la peur s'en fiche, elle s'étire à l'intérieur de moi et vient toucher mes moindres recoins. Je me dis que c'est trop d'un coup, que ce n'est pas pour ça que j'avais signé. Je voulais traverser la forêt, pas m'y perdre. Je serais parvenue de l'autre côté du chemin avant tout le monde et en voyant la petite silhouette de Rosie s'élancer pour venir à ma rencontre j'aurais agité les bras, impatiente. J'aurais lancé : « Je vous l'avais bien dit, que c'était plus rapide », et Franny aurait froncé les sourcils, elle aurait grommelé. Les parents auraient souri sans répondre, parce que ça n'aurait eu aucune espèce d'importance, au fond. On aurait repris la route en sens inverse, comme tous les dimanches, on serait rentrés et la journée aurait fini, comme tous les dimanches, par un plateau de nouilles-télé devant les dessins animés que Franny et moi étions trop vieilles pour regarder, mais que Rosie aimait toujours autant.

Au lieu de ça, le jour s'était enfui sans promesse de jamais revenir et j'étais plantée au milieu d'un décor en nuances de gris où tout semblait vénéneux. Et il fallait continuer. Il fallait continuer d'avancer parce que ça n'allait pas de rester plantée là. Je pouvais bien m'asseoir et refuser de faire un pas de plus, la tentation d'une grève était grande, mais une petite voix fière en moi refusait d'être celle qui non seulement a tort, mais en plus n'assume pas son errance, son erreur. J'avais cru m'en tirer à bon compte, court-circuiter la promenade dominicale et par là même envoyer valser les notions de routine, d'effort et de partage. J'avais voulu traverser. C'était plus difficile que prévu mais je ne pouvais pas baisser les bras et me résoudre à me fondre dans l'espace bordier d'une forêt crépusculaire, habitée par les bruissements d'une faune invisible à mes yeux de béotienne, et par un unique renard qui, alors que je tergiversais, me morigénais et me tançais, attendait. Assis, sa queue enroulée autour de son corps svelte, la tête penchée. Son regard ambré m'appelait. *Si tu t'approches, qui sait si je te laisserai me toucher ?*

Concentrée sur la perspective de notre rencontre, j'ai fermé mon âme aux craintes qui hurlaient en moi et j'ai esquissé un mouvement vers l'avant. La torche à la lumière trop blanche s'est éteinte brutalement. Mes semelles ont cogné la pierre du pont, l'eau a continué de rugir.

Le rêve

Je me souviens, je sombre comme une pierre jetée dans un lac. Quand j'atteins le fond, il fait toujours nuit. La ville est baignée de la lumière inquiétante des réverbères qui se reflète sur la neige et sur un ciel blanc, opaque, épais. Les rues sont vides, le silence pourrait être découpé en tranches mais son goût serait âpre, sa texture angoissante.

Si je tourne à gauche au bout de l'allée, je retrouve le lycée, son grand portail rouge fermé, le gros cadenas menaçant.

C'est les vacances, je crois, en tout cas je sais que je n'ai rien à faire là. Mais ça sent la fin du monde.

Soudain mais comme au ralenti, mon corps se met en branle. Il faut courir, mais j'ai trop froid. Je pars en quête de l'école primaire. Les panneaux se confondent, l'itinéraire qui se dessine devant mes yeux ne ressemble en rien aux allées où j'ai déjà marché. Je comprends en resserrant sur moi les pans d'un manteau que je n'avais pas eu conscience de porter que je ne suis pas dans la réalité. Je me souviens m'être endormie, et avant ça même, m'être brossé les dents, et le bruit du parquet vieilli de la maison de vacances qu'on a louée pour l'été. Ce n'est pas la ville de mon adolescence, ni celle de l'enfance de Rosie, il n'y a ni école primaire ni asphalte sous mes pieds. Tout cela n'enlève rien au rythme de mon cœur qui bat trop fort, alors au prix d'un immense effort, je cours, je cours et elle est là. Par la grande baie vitrée qui donne sur l'intérieur du gymnase de l'école, ma petite sœur me regarde de ses yeux ronds. Elle est minuscule dans son anorak bouffant et elle se tient serrée contre une quinzaine d'autres enfants aussi petits que fragiles, aussi silencieux que sérieux. Ça fait peur, les enfants qui ne bronchent pas. Quand même les tout-petits ont compris qu'il valait mieux la boucler, c'est que l'heure est grave. Les maîtresses distribuent des briquettes de lait chocolaté, on dirait que c'est l'heure des parents, en beaucoup moins marrant.

Sous mes yeux horrifiés, les briques en tetrapak s'écrasent sur le sol en résine souple pendant que les traits des adultes s'étirent en des rictus qui vont jusqu'à déchirer les chairs.

Éclair de lucidité : je suis dans un rêve mais ce n'est pas *qu'un rêve*, il est impératif d'agir, si je ne fais rien le réveil sera pire. Je sais que tout est factice et je sais que ça ne change rien. Il faut sauver Rosie, et les autres petits, ils se sont éloignés des maîtresses, des auxiliaires de vie scolaire, ils se terrent dans un coin en attendant – en attendant quoi –, en m'attendant moi.

Je me précipite, héroïne de film d'action. Je défonce la porte d'un coup de pied, je prends Rosie sous mon bras et pousse les enfants devant moi. *Sortez, sortez vite !* Ces adultes qui les entourent se changent en des zombies classiques, j'observe doctement, ils sont un peu lents, on les devancera plutôt facilement. Sauf si une horde se jette sur nous en sens inverse. Arrivée sur le trottoir avec ma ribambelle de minots, je pousse un soupir de soulagement qui confine au cri hystérique : mon père débarque, sur les chapeaux de roue dans sa camionnette. Après un dérapage rapide et dangereux, il va jusqu'à se pencher en travers de la banquette pour ouvrir la portière du côté passager. Il me hurle : *Fais monter les enfants !* Et je comprends que même s'il n'y a plus de sièges à l'arrière, il vaut mieux entasser les gosses sans ceinture de sécurité dans la camionnette étrangement déglinguée que les laisser se faire bouffer par les institutrices à la fois mortes, vivantes et cannibales. Je place Rosie à côté de notre père sur la banquette à l'avant – même dans l'urgence zombie, ma sœur cadette onirique passe avant les autres enfants oniriques. Tous les petits corps se pressent, assis sur le sol dénudé du véhicule dont le moteur vrombit. Mon père n'est pas un fou du volant mais il le serre si fort que ses jointures blanchissent, sa mâchoire serrée grince par-dessus les grognements des adultes mordues, monstrueuses et perdues.

Je fais coulisser la portière sur les enfants mis en sécurité et je me précipite sur la banquette passagère. Mon père a mis sa ceinture à Rosie, je veux mettre la mienne et fermer la portière en même temps, mais au moment où je tends le bras pour atteindre la poignée, je sens s'enfoncer dans le gras de mon bras les dents tout récemment pourries de Madame, la maîtresse de Rosie qui a aussi été la mienne.

Je me suis réveillée en sursaut.

J'avais le cœur qui cognait si fort dans ma poitrine que mes côtes me faisaient mal et mes mâchoires serrées retenaient un cri primal, qui aurait réveillé les morts.

Étendue de tout mon long, je sentais chacune de mes vertèbres en contact avec le matelas un peu bosselé du lit double qui était luxueusement mien cet été-là. La lumière blafarde d'une nuit bien lunée se déversait dans la pièce, tous les chats étaient gris, les criquets stridulaient. Depuis ma place sur l'oreiller trempé de sueur, je voyais le visage rond de Rosie à moitié camouflé par la couverture épaisse dans laquelle il lui fallait toujours s'enrouler. Pour ne pas être dévorée. Malgré ma profonde certitude et les preuves irréfutables d'être repassée de l'autre côté du miroir, je n'arrivais pas à me calmer. Ni les draps un peu rugueux sur mes jambes nues ni l'ombre sur la joue veloutée de ma petite sœur, bien plus âgée qu'elle ne me l'était apparue en rêve, ne parvenaient à renverser la balance chimique affolée logée sous mon crâne en pleine tempête.

Tout aurait dû s'apaiser maintenant que le danger s'était évaporé. Mais on aurait dit que mon corps était resté coincé. J'ai senti les dents s'enfoncer encore dans mon muscle jusqu'à toucher le cubitus dans un bruit d'émail crissant contre l'os, comme une fourchette contre la porcelaine d'une assiette au motif particulièrement hideux. Inspiration, expiration, au rythme d'une voix mièvre dans ma tête j'ai essayé d'entrer en cohérence cardiaque, de m'emplir de bonnes énergies et de chasser les mauvaises, mais toutes les deux minutes je perdais pied quand je croyais sentir autour de ma cheville se refermer une main décharnée aux ongles cassés.

N'y tenant plus, d'un bond hors du lit je me suis enfuie. Je ne pouvais supporter cet entre-deux plus longtemps. Sans réfléchir j'ai traversé la chambre inoffensive et d'un pas lourd et bruyant, j'ai couru rejoindre les parents.

C'était l'un des derniers étés que nous passerions cnsemble. Déjà Franny ne venait plus, nous envoyait des cartes postales de villes côtières où nous n'irions jamais. Elle rentrait de ses périples la peau dorée et du sable entre les orteils. Moi, je traînais encore mon corps déjà trop grand à l'arrière de la vieille voiture qui fumait, douze heures de route aller, pareil pour le retour. Cette année j'avais conduit un peu sur l'autoroute, avant que la nuit tombe et que l'itinéraire bifurque dans la montagne. Cette année, j'avais rechigné un peu, pensé à rester en arrière, à garder la maison. Jusqu'à la dernière seconde, jusqu'au moment de refermer les grandes portes du coffre de la camionnette – la même qui nous sauverait en cas d'apocalypse zombie, qui sauverait tout le monde sauf moi. S'il n'y avait eu la promesse de l'asphalte à avaler moi-même pour la première fois, peut-être aurais-je cédé à la grogne adolescente, en quête d'une indépendance factice.

La chambre où dormaient les parents était au bout d'un couloir aux murs en crépi jaune, ponctué au milieu du parcours par une commode en bois patiné. La porte trop basse m'obligeait à courber l'échine, c'était une porte d'étable, une porte d'un autre temps, pas d'une époque où tout aurait foutu le camp et les zombies pris le contrôle de la planète. J'ai passé le plat de ma main sur la tranche du battant, j'ai repris une inspiration. Je suis allée me couler dans le lit parental.

Oui, dans le silence estival d'une nuit du Lot-et-Garonne, je me suis présentée au pied du lit comme j'avais dû le faire des dizaines de fois dans mon enfance. J'ai dit : « Maman, j'ai fait un cauchemar », ma mère s'est déplacée sans rien dire et a tapoté dans son demi-sommeil encore vigilant la demi-place qu'elle venait de libérer au bord du lit. Mon père a grommelé quelque chose qui devait signifier : « Qu'est-ce qui se passe », j'ai répété en chuchotant encore moins fort tout en refermant le drap sur mon flanc. Ma mère a passé sa main endormie le long de ma colonne qui s'est détendue, vertèbre par vertèbre terrorisées. Le bras de mon père s'est refermé en travers du lit, embrassant d'un même geste sa femme et leur fille, trop grande pour ça, et pourtant encore là.

Se dégager

Ni champêtre ni bucolique, le chemin qu'on emprunte n'est pas plus clair maintenant que j'ai accepté que le renard prenne les devants. Accepté ? Pour qui je me prends… le chemin n'est pas plus clair et il a bien fallu que je me rende à l'évidence : je ne pourrais pas le retrouver toute seule. Il fait trop sombre et je n'ai jamais rien retenu des conseils qu'on m'a donnés pour retrouver le nord caché dans les mousses qui tapissent la face du tronc des arbres – je ne sais même pas où se trouve le nord par rapport à ma propre maison.

Une chose est sûre, on s'est éloignés des sentiers battus. L'expression a quelque chose de galvaudé, jusqu'à ce qu'on soit pour de vrai en train de traverser un endroit qui n'a pas été pensé pour ça. Il n'y a plus ni route tracée par la main humaine, ni chemin de désir dessiné par des milliers de pas rebelles. Il n'y a que le renard qui se promène, encore que le terme soit trop léger pour décrire sa démarche certes sautillante mais déterminée. Il ne flâne pas, mon guide, et moi non plus. Je regarde, tout autour, les chênes auxquels je reconnais la forme des feuilles mais dont je ne peux que soupçonner des sous-genres suffixés à leurs noms latins. Nous sommes deux à fendre la verdure sans s'en imprégner, lui parce que c'est la seule maison qu'il connaisse et qu'on ne fixe pas le papier peint de chez soi chaque jour que le bon dieu fait, moi parce que je ne connais rien et que je ne peux pas feindre une fascination pour l'herbe drue qui pousse au pied de cet arbre-là.

Tout se passe très vite, comme souvent les catastrophes. Le renard quelques mètres devant moi avance et puis n'avance plus, à la place il glapit. Les renards ont dans leur répertoire un grand éventail de cris et il serait facile de dire « le renard glapit » et de s'en tenir là, mais ce serait réducteur. Selon qu'il joue, qu'il appelle, qu'il questionne, qu'il a peur ou qu'il séduit, les sons qui sortent de sa gueule pointue sont infiniment différents. Pour autant il serait correct de dire, quand il marche dans un piège qui se referme sur sa patte et lui mange la chair tout en essayant de lui broyer l'os, que le renard glapit. Lorsqu'on ferme les yeux et qu'on pense au verbe *glapir*, c'est bien ce son qui nous vient en tête. Le son d'une souffrance trop aiguë.

Mon renard désormais immobile glapit, puis se tait, puis gémit, exactement comme un petit chien blessé crie. Je me précipite vers lui et vers la scène qui s'étale sous mes yeux dans toute sa banale horreur. Créature minuscule coincée dans un mécanisme barbare, son sang sur les dents du piège, sur le tapis de mousse au sol, et son air penaud. À genoux dans la mousse qui tache de vert la toile de mon jean, je m'efforce de désamorcer le piège pour libérer la bête qui halète, ivre de douleur. Plusieurs fois je crois avoir compris comment fonctionne la machine infernale, plusieurs fois les mâchoires du piège se referment à nouveau sur la patte du renard et je serre les dents, coupable de faire pire que mieux. Enfin, le piège s'ouvre et libère mon ami qui, d'un bond étonnant pour un estropié, s'enfuit.

Il ne va pas très loin. Passé la première minute de libération et son afflux d'adrénaline, son pas est marqué d'un boitillement sévère. J'attends qu'il s'éloigne de moi et de tout ce qui aurait pu lui rappeler qu'il existe quelque part des bipèdes mal intentionnés, du genre qui posent des pièges et sûrement reviennent au petit matin les relever. C'était encore ne penser qu'à moi que penser comme cela. Mon renard n'a pas un regard pour moi quand il s'éloigne et trouve un coin paisible où lécher sa plaie qui suinte. Il s'en fiche, de la culpabilité qui me taraude comme si j'étais celle qui avait armé le piège, comme si j'étais personnellement responsable de sa malchance, ou du crime perpétré contre lui par le fruit du hasard. Il se moque bien des larmes qui montent à mes yeux, eux qui jusqu'alors jamais n'avaient pleuré pour un seul animal sauvage, à peine pour un chat domestique pourtant aimé et mort écrasé. Je pense, abrutie par la violence de ce qui s'est déroulé là, qu'on n'y serait pas si je ne m'étais pas égarée. Si j'avais su lire une carte ou même si j'avais suivi le chemin habituel, entourée du familier et de l'attendu, le renard n'aurait pas eu à m'ouvrir la voie, et il n'aurait jamais mis les pieds dans un recoin de forêt piégé. Si je n'avais pas existé, alors cette scène non plus. Il faudrait, pour arranger la réalité, que je n'aie même pas foulé cette terre si cruelle qu'elle supporte qu'à sa surface des pièges aux mâchoires d'acier se referment sur les corps innocents d'animaux qui n'ont rien demandé à personne.

Le renard s'applique à faire disparaître toute trace de sang sur son pelage fauve. Et moi, assise par terre face à sa petite forme qui se découpe dans la pénombre, je bous d'une colère mâtinée d'impuissance et de honte. Ça me revient, maintenant, qu'il y a des saisons où la chasse bat son plein et qu'entre quelques meurtres de femmes enceintes ou d'enfants qui se promènent, les chasseurs ont décidé que le renard, parmi tant d'autres animaux sauvages, est un nuisible. Ah, le service qu'ils rendent à la nature même en piégeant et en tuant cette affreuse bête qui vole les poules et propage la maladie. Toujours l'homme se pose en maître, campé fermement au sommet de sa pyramide, maillon ultime de la chaîne alimentaire. Toujours il s'arroge le droit de *réguler*. Mais ce qui était nécessaire voilà longtemps peut devenir plus qu'obsolète et bien néfaste et je doute, en voyant le corps tremblant mais digne de l'animal blessé, qu'il soit encore nécessaire de tirer sur lui qui n'a plus porté la rage depuis des décennies passées. Je doute mais qu'est-ce que je peux y faire, hein ? J'ai signé toutes les pétitions, celles pour les renards et celles contre les abattoirs. On sert toujours du bœuf à la cantine et il y a toujours des coups de fusil le dimanche dans les fourrés.

La longue langue du renard nettoie lentement la plaie.

Le musée

Je me souviens, la première fois que j'ai vu un renard, il était mort.

Pour un nuisible, il se fait sacrément désirer, le farceur. C'était dans les Highlands et j'aurais tant aimé que ce soit au cœur d'une randonnée incroyable entre deux cnocs, à la tombée du jour sur les bruyères éclatantes. La scène aurait ressemblé à celle, dans *Fantastic Mr. Fox*, où le héros éponyme, à bord d'une moto avec son fils, son neveu et un opossum, voit au loin la silhouette d'un loup – lui qui en a si peur, il est alors subjugué par cette vision quasi onirique. Le loup (*Canis lupus*), créature sauvage par excellence, le salue et s'en va au galop, libre et majestueux. J'aurais moi aussi vu la silhouette magique d'un renard (*Vulpes vulpes*) au flanc d'une colline. On aurait échangé un regard qui en dit long, et puis il aurait tourné la tête pour retourner à sa vie de renard, ne sachant pas et n'ayant cure de savoir que j'avais été touchée en plein cœur et à tout jamais.

Au lieu de ça, j'ai poussé la porte d'un musée, et il était là.

Il avait perdu de sa superbe, quelque part entre le jour de sa mort et celui de notre rencontre fortuite. Premier animal à croiser ma route dans l'inventaire empaillé de la faune des Highlands, il avait été immortalisé une patte avant suspendue dans le vide, dans un simulacre de marche. Sa tête fuselée légèrement tournée vers son public, ses yeux jaunes, billes de verre. J'ai tout d'abord été saisie par sa taille – on a tendance à oublier à quel point les renards sont petits. Tout au plus de gros chats, pas plus impressionnants en tout cas, et courts sur pattes avec ça. Il était posé sur un promontoire et, malédiction ou tout le contraire, cela le mettait juste à la bonne hauteur pour être caressé. Il l'avait été, souvent, ce renard mort : il y avait juste au-dessus de sa truffe plus jamais humide une zone élimée, où le poil roux s'était clairsemé. J'imaginais les mains potelées de centaines d'enfants avant moi s'attarder sur la même zone entre les deux yeux de fauve, de serpent. Sont-ce ces yeux, même factices, qui nous hypnotisent au point de nous faire avancer timidement la main vers le museau rêche et fatigué ? Il y a bien un écriteau, qui nous demande sévèrement de ne pas toucher les animaux empaillés et je suis pourtant, comme la majorité des enfants qui sont passés avant moi je le sais, une personne bien élevée.

Je me suis regardée poser le bout de mon index sur ce museau sans âge, comme si j'étais très loin de mon propre corps. Il n'était pas majestueux comme dans mes rêves, ce *Vulpes vulpes*, il n'avait rien de mystérieux, rien de magique. J'étais douloureusement consciente de ce que je touchais. Rien de plus qu'un cadavre rigidifié et privé de ses yeux – ce sont de petits sacs remplis de liquide, la première chose qui part, dans le grand ménage de la mort. Les yeux d'abord se couvrent d'un voile, la cornée s'opacifie (est-ce cela qui advient quand on dit que la lumière s'en va ?) et puis tout commence vite à pourrir. Si le cadavre gît dans la forêt, où il y a une faune abondante et vorace, en quelques jours les yeux sont grignotés et rendus à la terre.

Je pensais avec révulsion au processus de la taxidermie. Dans les musées, on dit la « naturalisation », ça fait plus propre et sérieux, ou alors ça convoque moins d'images mi-grotesques mi-horrifiques, *Top 10 des pires taxidermies*, d'animaux figés à jamais dans des mimiques ou des postures si ridicules qu'on ne les reconnaît plus.

On peut taxidermiser soi-même un animal, si on veut, Internet regorge de tutoriels pour ça. Au début je ne comprenais pas pourquoi, puis je me suis souvenue que non seulement des gens chassent des bêtes, les tuent mais en plus les montent ensuite en trophée.

Il faut une structure sur laquelle recoller la peau – nue, écaillée, emplumée ou velue – de l'animal qu'on veut immortaliser. Il faut le dépiauter, le tanner, le rembourrer, le recoudre. On ne garde rien d'autre que l'enveloppe, l'apparence, le reconnaissable, le familier. Même les os sont inutiles. Le bois, le fer et le plâtre sont tellement plus pratiques, pour recréer l'illusion de la vie. À la réflexion pourtant, je ne préfère pas vraiment à cela les zoos où on recrée l'illusion du biome. Au zoo j'ai vu des pandas roux (dont le surnom anglais est *fire fox*, renard de feu), mais aucun renard. Pas assez exotique, peut-être.

J'ai pensé qu'il avait fallu ôter à cet animal, comme à tous ceux qu'il côtoyait dans ce musée, tout ce qu'il avait de plus vivant pour le rendre immortel, mais surtout observable sous toutes ses coutures, enfin domestiqué. Incongru, un renard dans un musée, c'est comme un éléphant dans un magasin de porcelaine, ça n'a rien à faire là.

Pour voir un renard vivant, je pourrais traîner aux abords du Havre, ville de béton et de docks enfoncée dans une région de raffinage aux usines fumantes, où ils fouillent les poubelles en bande organisée. Ils sortent la nuit, comme le leur dicte leur caractère nocturne, et il est rare de les voir sous la lumière du jour – ou alors écrasés sur le bord de l'autoroute. On dit la même chose des ratons-laveurs au Canada, et pourtant la première fois que j'ai mis le nez dehors à Montréal, j'ai vu grimper sur une poubelle du belvédère un petit voleur masqué, rond et joufflu, fort affairé. Il prend son temps, fait l'inventaire du contenu de la poubelle et puis, insatisfait, semble pondérer ses options perché sur l'arceau de métal, avant de disparaître derrière un tronc. Il suffirait peut-être d'être au bon endroit au bon moment pour apercevoir un renard le museau dans un tas d'ordures, dans une rue des quartiers bas du Havre, loin des restaurants chics et des grandes avenues.

Sur Instagram, une vidéo légendée dans un alphabet cyrillique montre un fennec courant en rond comme un fou dans un salon immaculé. De scroll en scroll, ils se multiplient, les renards de différentes espèces qui gambadent sur des parquets lustrés, se roulent dans des draps blancs, glapissent aux fenêtres comme le mélange étrange de chat sauvage et de tout petit loup qu'ils semblent être.

Il n'y a qu'un pas entre ces animaux de compagnie exotiques et la vision grotesque d'un manteau dont le col est la peau entière d'un renard mort, tête à gauche et longue queue touffue à droite, négligemment posé sur les épaules d'une opulente bourgeoise. Indésirable ? Pas toujours. On veut bien qu'elle existe, la bête, si on peut user d'elle comme bon nous semble. Sinon, *couic.* Sa peau, son image. Du vêtement lourd de mort et de prestige aux likes que génèrent les zoomies des renards apprivoisés dans des vidéos calibrées, et en marge, pendant la saison, les coups de fusil.

Le renard évolue. En forêt il est roux, dans la neige il est blanc, sur le sable il est beige, et dans la ville, il change aussi. Se fait plus ramassé, se débarrasse du superflu – sa boîte crânienne rétrécit – pour se concentrer sur ce qui compte – son museau raccourci s'élargit, il peut ouvrir la gueule plus grand, mordre plus fort. Et puis, il s'habitue à nous. Malgré lui sûrement, par pure nécessité et instinct de survie, il se laisse apprivoiser. Comme au contact d'un certain petit prince, dans une version moins poétique et plus moderne du conte de Saint-Exupéry. Est-ce parce qu'il a compris que ses jours, sinon, seraient comptés ?

Se lever

J'étais encore en train de me lamenter sur mon sort et celui de tous les êtres humains que le renard, lui, s'est remis en route. Pas aussi vaillant, bien sûr, moins sémillant. Mais rien ne l'arrête, même pas des dents d'acier plantées dans son tibia. Il boite à chaque fois que sa patte touche le sol, sans prétendre que la blessure n'existe pas. Il n'a pas d'ego plus fragile que ses chairs arrachées, il n'a rien à simuler. Le renard avance, blessé mais pas vaincu.

Je discerne mieux les contours du paysage qui nous entoure. Je tends le bras et je vois, distinctement, chacun de mes doigts s'agiter au bout de ma main – ma peau claire et les ongles nus aux croissants presque blancs, à la lunule rose. Les couleurs reviennent mais je ne sais pas dire d'où la lumière renaît.

On marche un peu plus lentement, à la faveur du rythme de mon guide estropié. Il n'avait jamais paru pressé, moins que moi sûrement de retrouver un décor plus habituel. Mais là c'est presque à penser qu'enfin il prend son temps. Il renifle une touffe d'herbes plates et odorantes, fourrage du museau dans la terre sombre entourant un arbre aux feuilles qui gouttent à grosses larmes, de pluie ou de rosée, je ne sais. Il croque une baie.

Mon estomac en écho gargouille bruyamment. Je me souviens que j'ai un corps autrement que dans mes deux jambes qui me portent depuis des heures, et qui fatiguent d'ailleurs. Un corps qui a faim – j'ai souvent eu faim, j'y ai souvent fait la sourde oreille. Ce matin, je trouve dans ma poche une barre de céréales aux pépites de chocolat. Je sais son Nutriscore D, je sais la sensation d'un dépôt collant de sucre sur les dents qu'elle laisse après avoir été mâchée. Je la déguste, bouchée par bouchée, ravie de ses mauvaises performances énergétiques et de sa simple promesse de subsistance.

La forêt touche à sa fin. Je crois entendre par-delà la canopée ouateuse le murmure tranquille de la ville qui n'est finalement pas si loin, c'est si facile de l'oublier.

Le renard ne prend plus soin de marcher deux bons mètres devant moi. Moins méfiant ou plus amical, il me laisse le rattraper, et son flanc parfois touche mon mollet. Toute sa fourrure tressaille quand nos deux corps se frôlent, comme une vague infime sur un océan roux. Poil par poil, son être doit s'acclimater à la proximité du mien. Mon cœur se serre car nos chemins se séparent bientôt, c'est inéluctable, et ce n'est qu'à la conclusion de mon aventure que notre lien se resserre un peu. Je tends la main, chaque doigt cherchant à s'allonger plus qu'il n'a jamais été étiré, et le renard s'éloigne de moi comme en réponse, pour renifler une branche morte tombée.

Je soupire. Il n'aura jamais été mon familier.

La cuisine

Je me souviens du motif des carreaux de la crédence. Orange vif sur fond beige ringard, dessins de pots en terre cuite qui se répètent toutes les deux tuiles, une vraie cuisine. La gazinière d'occasion se targue de trois plaques électriques et d'un four taille standard : important pour Franny, ça, la taille standard du four qui lui a permis de piquer dans les placards des parents les plats à gratin et les moules à gâteaux qu'elle avait l'habitude d'utiliser et pas envie de racheter. Franny était la vraie cuisinière de la famille, et à la voir emballer le moule à manqué, les emporte-pièce et la poche à douille, je me suis demandé si c'était fini, les pâtisseries. Fini pour toujours, comme si le départ de ma grande sœur signifiait quelque chose comme sa mort, ou une frontière impossible à traverser, elle cuisinerait toujours mais plus jamais pour moi.

Elle n'allait pas loin, elle reviendrait souvent. Elle avait lancé ça comme des promesses qu'elle n'avait pas vraiment l'intention de tenir. Je savais que quitter notre maison valait pour elle déclaration d'indépendance. Elle n'était pas du genre à ne rentrer que pour faire sa lessive, même si ça voulait dire se fader la laverie le dimanche soir quand elle n'aurait plus une culotte propre. Si elle rendait visite, ce serait parce qu'elle en aurait vraiment envie, et pas par obscur sens du devoir. Elle en était certaine et les parents approuvaient.

L'avenir prouverait qu'elle disait vrai et qu'elle tiendrait sa promesse, mais au moment où, juchée sur une chaise mal ravaudée, elle rangeait dans les placards en mélaminé ce qui méritait de la suivre dans sa vie nouvelle loin de moi, je me sentais abandonnée.

Il y avait du bon, bien sûr, à son départ. Je récupérais sa chambre, et cette perspective m'enchantait. C'était la plus grande de la maison, et la seule à bénéficier d'une fenêtre traditionnelle, au lieu d'une percée dans la mansarde du toit. Une fenêtre qu'on peut ouvrir en entier, par laquelle passer tout son buste et saluer en contrebas un soupirant déclamant des vers transis d'amour, ou une complice lançant une corde pour organiser une fuite inopinée. Ma chambre d'enfant manquait cruellement d'imagination, avec sa trouée vers le ciel toujours uniforme, sans horizon à espérer.

J'allais officiellement être « la grande ». Franny partie, devenue adulte, je prenais sa place de *presque*, quittant doucement l'enfance mais pas encore tout à fait obligée de me préoccuper du reste. J'avais pensé que ce glissement me plongerait dans des abîmes de délice : fini les horaires stricts d'extinction des feux, je pourrais désormais lire ou traîner sur l'ordinateur – que j'allais posséder pour moi seule ! – toute la nuit durant. *Tu assumes*, m'avait dit ma mère, *c'est ton problème si tu t'endors en cours.* Quelle perspective enchanteresse, d'une désobéissance tolérée. On allait présumer que j'étais responsable, et j'allais tout faire pour préserver cette belle façade, mais je pouvais, si je le voulais, transgresser en toute impunité.

Mais le soulagement avec lequel Franny s'en allait ne pouvait que laisser une pensée amère à l'arrière de mon crâne adolescent. Si elle était si heureuse de partir qu'elle en cachait mal sa hâte au risque de me heurter, que fuyait-elle dont je n'avais pas conscience ? Rien de gravissime, j'en avais la certitude, sinon les parents ne joueraient pas leur rôle enthousiaste dans la partition de son départ. Ce n'était rien d'un lourd secret familial, rien d'un drame aux implications terribles ; non, ce n'était pas ça. J'imaginais que Franny fuyait une forme de médiocrité que je ne percevais pas ou pas encore, et c'était cela qui m'effrayait. Être plouc et le rester, sans m'en rendre compte, moi qui rêvais tant de rêves sophistiqués.

Ma sœur partait à la grande ville et nous restions à la petite : pourquoi ? Pourquoi les parents avaient-ils fait le choix d'une banlieue de province, d'une résidence pavillonnaire, de haies de thuyas et d'allées gravillonnées, si le brouhaha d'une métropole semblait si attrayant aux yeux de la personne la plus impressionnante de ma vie ? Ma sœur partait vivre seule et indépendante, pourquoi alors restions-nous engoncés dans les mêmes quartiers, nous côtoyant de très près, comptant toujours les uns sur les autres ? Ma sœur laissait derrière elle quelques vêtements qui l'avaient vue grandir et prévoyait d'en racheter, comme si même le denim râpé et le velours côtelé n'étaient plus assez bien pour elle. Comme si elle avait besoin d'une nouvelle peau, et ça devait vouloir dire que la mue qu'elle entreposait dans ma penderie n'avait plus d'intérêt, plus de valeur.

Si Franny partait, c'est qu'il y avait mieux ailleurs. C'est qu'on n'était, que je n'étais plus assez bien.

J'étais trop jeune pour comprendre qu'on peut grandir sans tout renier, qu'il faut souvent tirer des traits pour mieux relier les points du passé au présent qu'on veut dessiner. Trop jeune pour envisager que le départ de ma sœur n'avait pas grand-chose à voir avec moi, mais tout au contraire avec elle-même. Que je n'étais pas le centre du monde, ni l'alpha et l'oméga dans l'existence de Franny, je n'avais pas encore saisi que toute vie est héliocentrique et qu'il n'aurait pas été sain que celle de ma sœur voie ses révolutions épouser ma trajectoire plutôt que de décrire leur propre orbite.

Pendant de longues semaines après son départ, la cuisine m'a semblé désertée. Inutile, vide de sens. Les parents continuaient d'y préparer tous les repas, Rosie et moi d'y prendre nos petits-déjeuners plus ou moins lentement avant de commencer nos journées. C'était pourtant comme si chaque moule manquant, chaque plat ayant quitté son placard me sautait douloureusement aux yeux. L'absence de Franny était palpable, elle avait même emporté avec elle la petite bouteille de crème de balsamique qui trônait d'ordinaire sur le comptoir, à côté de l'huilier, à droite de la gazinière.

Petit à petit, sans se faire remarquer, la plaie béante s'est refermée. Franny nous a rendu visite à nouveau, un dimanche et puis l'autre. Elle ne changeait pas tellement, ou alors pas d'une manière qui m'effrayait. Un jour, elle m'a invitée chez elle, dans la grande ville. J'ai pris le train pour y aller, dans mon sac à dos du ravitaillement pour deux jours, je craignais de me perdre, de louper mon arrêt, qu'elle ait oublié comment m'aimer. Elle m'attendait sur le quai de la gare et c'est en voyant sa longue silhouette agiter les bras dans ma direction que j'ai compris que j'avais aussi eu peur qu'elle ne vienne pas. On a marché jusqu'à son appartement que je redécouvrais d'un œil neuf, comme si je ne l'avais jamais vu. J'ai regardé les posters aux murs, la liste de courses sur le frigo, le canapé-lit qu'elle dépliait tous les soirs, repliait tous les matins, et la minuscule salle de bains où elle se brossait les dents deux fois par jour, assise sur les WC, dans la lumière éclatante d'un coucher de soleil trop beau pour cette trivialité.

Elle a cuisiné pour moi un gratin de pâtes au fromage puis un gâteau au chocolat, et j'ai revu les plats et les moules qu'elle avait embarqués. J'ai enfin compris qu'elle n'avait rien fui, qu'au contraire elle avait eu besoin de tout emporter.

Se reconnaître

Au bout du chemin retrouvé, ça y est je la vois, l'orée. Le renard semble savoir lui aussi, c'est une question de luminosité, une trouée dans les arbres qui se laisse deviner au tournant suivant, ou bien celui d'encore après. Je veux me dérober, retourner me cacher dans l'arbre creux laissé derrière moi. J'oublie qu'alors je m'y étais nichée par nécessité et non par loisir, j'oublie la peur qui me tenaillait. Ne reste que l'agréable souvenir d'avoir été contenue, comprise, dans l'enceinte d'écorce à l'odeur humide. Maintenant que j'en vois le bout, je rechigne à quitter la forêt et je m'imagine presque y bâtir une hutte, y établir mes quartiers. Je secoue la tête ; de nouveau je pense à la forêt comme à un domaine, qu'il m'appartiendrait de posséder. J'y suis enfin bien alors j'y reste, quitte à tout perturber. Je sais pourtant que je n'y suis que tolérée, je sais que sans le renard je m'y perdrais encore, et je sais aussi que les miens m'attendent dehors. Leurs vêtements tissés dans de grandes usines, imprégnés de l'odeur du bitume mouillé et des feux de cheminée. Leurs voix qui portent dans des boîtiers métalliques reliés les uns aux autres par des ondes relayées de tour en tour, de loin en loin, pour se loger au creux de l'oreille un soir de solitude alors brisée. Leur manière de faire corps et famille, je sais bien que j'ai besoin des engueulades, des embrassades, des mains pressées sur une épaule ou posées sur une joue pour dire je t'entends et je te comprends.

Je ne serai jamais chez moi au milieu du sauvage, ni la faune ni la flore n'ont besoin de ma carcasse malhabile, et je n'ai pas les clés pour comprendre ni me fondre au milieu des bruissements, des hululements et des glapissements. Je ne reconnais aucune essence d'arbre et ne discerne pas le passage des animaux sur le chemin emprunté. Je n'ai que mes yeux trop humains, que mon cerveau trop urbain, pour déchiffrer ce que je vis dans ces bois déjà un peu domestiqués. Le renard se rétablit, le renard ne boite presque plus, je le remarque avec une surprise détachée. Je ne m'explique pas comment il a pu se remettre d'un tel déchirement dans les chairs dans le temps que dure à peine une promenade de santé.

Mais qu'a-t-il de normal ou d'explicable, mon renard qui maintenant veut bondir ? Mû par un élan formidable et pur, il ne saurait se morfondre et ne peut résister, c'est magnétique, à la joie, à la vie. De ses cabrioles encore hésitantes, j'interprète avec mon dictionnaire lacunaire qu'il sait mon départ proche et s'en réjouit : *enfin tranquille.*

Je vais quitter la forêt qui m'a engloutie malgré elle, en sortir comme du ventre d'une baleine biblique, mais rien ne m'oblige à précipiter mon départ alors j'étire le temps et mes jambes sur un rocher où je m'assois pour tourner mon visage vers la voûte de branches et de feuillages, où j'imagine le retour d'un soleil éclatant qui teintera tout d'un vert doré millénaire. M'apparaît en effet que depuis la nuit des temps le jour finit toujours par poser ses lumières sur chaque coin de la terre, et que les couleurs qui en découlent traversent les âges, les tempêtes et les guerres – ce vert d'or a vu la naissance de la forêt et en verra la mort, bien après la mienne. Sur le rocher, mon île, cette pensée me fait couler dans un état liquide, me réchauffe autant qu'elle me dilate. Je ne ferai peut-être jamais une avec la nature mais même avec mon pantalon cousu à la machine et ma barre de céréales enveloppée dans du plastique, je fais partie de ce tout, minuscule fourmi dans l'immensité du cosmos, toute petite goutte d'eau dans l'océan chaotique de ce qui constitue le vivant.

Le renard qui ne boite presque plus a fini de jouer. Il grimpe sur la roche avec une agilité qui me rappelle que les siens montent aux arbres et en descendent, quand moi j'ai le vertige et les paumes moites dès que je quitte le sol. Sans montrer aucun signe d'hésitation, le voilà qui s'enroule sur lui-même, museau pointu dans la chaleur de sa fourrure, et qu'il se love ainsi contre ma hanche qui palpite. Il n'est pas question de retenir mon souffle malgré l'intense émotion qui me submerge. Il ne faudrait pas modifier un élément de ce qui relève pour lui de son environnement, assez en tout cas pour qu'il s'endorme. Pas question non plus d'enfouir ma main dans son pelage, de superposer mon odeur à la sienne – qui sait ce que ça voudrait dire pour lui, de retour à sa vie de renard ? J'ai lu des histoires de faons caressés par des enfants puis délaissés par leur mère qui ne reconnaissait plus l'odeur caractéristique de leur petit, de leur espèce. Je m'astreins donc à une respiration égale, presque nonchalante, et à garder mes mains pour moi, posées sur mon ventre qui se soulève à un rythme prévisible. Ça me démange, d'aller emmêler mes doigts dans les longs poils roux, et pourtant je trouve assez facile de rester immobile, consciente jusqu'au dernier degré que le corps du renard n'est pas une extension du mien, qu'il n'est pas à moi. Que son confort et sa tranquillité ont plus d'importance que mon plaisir personnel. C'est donc que c'est faisable, je pense, c'est donc qu'on peut, si on le veut, se retenir d'accaparer.

Il se peut que, baignée par la lune qui perce à peine la canopée de nuages et bercée du sentiment d'appartenir, je m'endorme à nouveau. Le renard à mon flanc retrouve ses neuf queues qui s'enroulent autour de ma silhouette de femme solitaire et m'enveloppent d'une grande chaleur. Quoi qu'en disent les mythes, ce n'est pas un suaire, c'est un nid dans lequel je viens me lover pour me régénérer, et je n'ai pas peur. C'est éreintant, d'être une monstresse – toutes vous le diront. Depuis Circé, on entend les échos d'un chant d'une grande solitude, d'une grande lassitude aussi. Manier la magie, le temps, les hommes. C'est être toujours un peu à l'écart, et si on y trouve asile, ne peut-on pas aussi s'y sentir enfermée, réduite ? En ce crépuscule liminal, je me défais de ma peau d'autre, si confortable mais parfois si serrée, et me glisse au creux de celle d'un grand renard imaginé qui me protège. Il me dit que j'ai raison de croire en l'expérience qui s'accumule comme les siècles derrière ses paupières, ce renard-là n'est pas tant fourbe qu'il est sage puisqu'il a vu dans le cœur des hommes. Il me dit qu'il est des violences qui ne s'effacent pas, que nous sommes des roseaux qui ployons mais ne cédons pas, il me dit que toute emprise a une fin et qu'on peut un beau matin se trouver libre du poids qui hier encore nous entravait. Il me dit que bien sûr ce serait mieux de n'avoir pas à s'endurcir, à se caparaçonner, mais que nos armures ne sont pas des plaques de métal ciselé ferrées sur nos corps trop tendres, ce sont nos propres peaux tannées, ce sont des cors et des cals formés à nos surfaces à force de se râper. Ce ne sont pas des ornements des bijoux des coquetteries, ce sont des nécessités. Il faudra que je me souvienne, les soirs où je fatiguerai d'être cette monstresse au regard dur et aux gestes secs, que je ramollisse mon cœur entre les longues moustaches du renard qui sait bien, lui, qu'on ne fait que ce qu'on peut avec les cartes qui nous sont distribuées. Je l'aime pour son indulgence, sa grande douceur. Dans les plis de ses neuf queues qui se déploient sur moi pour protéger mon repos, je retrouve l'odeur des cauchemars qui s'effacent et laissent place au sommeil sans rêve, le sommeil serein de qui ne tremble plus.

La forêt

Je resterai toujours habitée de l'intime conviction qu'il m'a dit adieu. Quand j'ouvre les yeux, incertaine d'avoir somnolé ou d'avoir tout juste divagué, le renard n'est nulle part en vue et tout autour de moi dans l'air me signifie qu'il est parti. J'ai la sensation fantôme, peut-être fabriquée par mon désir fébrile, de son museau au creux de ma paume dans laquelle il aurait foui comme pour creuser un terrier.

Avant de disparaître, c'est sûr, il m'a touchée puis sans un regard en arrière, fort d'avoir accompli la mission qu'il s'était fixée, il est retourné vivre une vie de renard. Loin des hommes qui le chassent et des femmes qui se perdent.

Rusé renard, animal chapardeur, il doit son nom vernaculaire d'aujourd'hui à un avocat parisien dont un des auteurs du *Roman de Renart* aurait voulu se moquer, il y a de cela bien des lustres. Le fameux *Roman de Renart* n'a pas grand-chose à voir avec les romans que l'on bouquine : c'est une œuvre tentaculaire, dont la complétion s'est étendue sur des siècles et a nécessité plusieurs paires de mains. Une véritable cathédrale littéraire, en somme, comme on n'en fait plus alors qu'on devrait peut-être. Mais comme toutes les bonnes histoires, celles-ci (puisqu'elles sont plurielles et forment un recueil composé, comme les arbres de la forêt, de « branches ») parlent du monde dans lequel elles s'inscrivent. Elles critiquent les puissants, leurs délires de grandeurs et leurs toute-petitesses, soulignent les hypocrisies, rient du ridicule. C'est parce que le personnage de Renart a les traits d'un goupil et qu'il ruse de mille manières que l'animal aujourd'hui a ce nom et cette mauvaise réputation.

Il serait l'un des premiers fripons – ce mot à la connotation délicieusement vieillotte me trotte dans la tête tandis que je me redresse pour reprendre ce qu'il reste de ma route. Le *trickster* qu'est Renart en Gaule, mais aussi Loki plus au nord et le Coyote aux Amériques, est à l'équilibre entre le bien et le mal, entre le divin et l'humain, il transgresse les règles avec humour ou cruauté. Il porte en lui le chaos qui dérange l'ordre établi, l'ombre qui ourle la lumière.

Il ose.

Ça ne se finit pas toujours bien mais au moins fait-il, armé d'une légèreté désarmante quoique parfois indécente. Il n'est pas empesé du devoir ou du décorum, il blesse sur son passage quand il ne prend pas garde à ce qui l'entoure et gagnerait sûrement à apprendre à s'excuser, mais il *fait*.

Il ne regarde pas la vie défiler comme un spectateur du Tour de France.

Lui.

Et moi ?

Où est mon audace ? Est-elle restée coincée quelque part dans le souterrain ? Ou l'ai-je perdue un peu plus tôt, entre les rayons du supermarché, quand retentissaient dans mes oreilles les avertissements graves qu'on serine aux enfants en cas de perdition, *surtout on ne suit pas les inconnus*. Mais l'Inconnu avec un grand i, pourquoi me fait-il si peur alors qu'il est sans visage et sans menace ?

Entrer seule dans la forêt s'inscrit dans mon parcours comme la plus grande anomalie. Je tiens d'ordinaire de la petite chose tremblante plus que de la courageuse héroïne qui brave vents et marées pour accéder à sa destinée. Je ne sais pas où je commence, où je finis, de qui je tiens. Je ne suis ni Franny qui a pris son envol et fait son nouveau nid de fragments de l'ancien, ni Rosie qui a encore tant d'années à grandir avant d'avoir peur et qui grimpe aux arbres sans craindre d'écorcher ses genoux. Je suis celle du milieu, celle qui flotte. Jusqu'alors j'attendais ma sédimentation, pensant qu'il me serait plus facile de me déterminer en voyant clairement mes strates se dessiner.

À rester statique on gèle, statues de sel, on meurt d'une faim qui ne dit pas son nom, d'une soif qu'on ignore. On devient aride. Pour advenir, devenir, remplir mon enveloppe de toute mon essence, il me faut accepter le flou inhérent au mouvement.

Un pas devant l'autre, le même balancier depuis que l'être est humain. Je ne me prends plus les pieds ni dans les racines ni dans mes lacets. Sur le sentier, à nouveau solitaire, j'avance sans plus appréhender. Je ne sais pas ce qui m'attend mais je sais ce que je veux rattraper.

Se retrouver

Émerger de la forêt comme d'un grand bassin. Reprendre mon souffle avec une certaine férocité, comme après de longues minutes tenues en apnée. Le sentier de terre battue par mes semelles et des centaines d'autres avant moi a rejoint la petite route gravillonnée qui contourne le bois, que j'ai si souvent foulée. Ici l'éclat timide de la lune était éclipsé par les faisceaux durs des hauts réverbères qui inondaient le parc et repoussaient les limites de la nuit. J'ai soudain eu trop froid, trop soif.

Un panneau fiché dans le sol présentait une grande carte dessinée – à quoi servait-elle ici, quand les directions étaient clairement visibles à nos pieds ? – et une liste non exhaustive des animaux qu'on pouvait espérer apercevoir, selon les saisons, dans la forêt, si on avait le courage d'y entrer. J'ai compris que j'avais fait le chemin à l'envers du protocole imaginé.

L'affiche mentionnait dans les bois la présence, bon an mal an, de canards colverts (*Anas platyrhynchos*), mantes religieuses (*Mantis religiosa*), ragondins (albinos !) (*Myocastor coypus*), hérons cendrés (*Ardea cinerea*), lapins de garenne (*Oryctolagus cuniculus*). Tiens, curieux, pas de renard. Pas trace de mon *Vulpes vulpes*.

« Ah mais t'es là ! »

La voix traînante de Franny était teintée d'un soupçon d'inquiétude qui a dessiné sur mes lèvres un sourire malgré moi.

« Où d'autre ? » ai-je répondu comme si je n'avais pas moi-même tremblé, rien qu'un peu, de ne jamais sortir des entrailles du bois.

Elle m'a attirée à elle d'un bras à la force terrible et alors que mon nez se nichait contre son épaule, j'ai réalisé que ma grande sœur n'était plus aussi grande que dans l'impression qui m'était restée, chevillée au corps sous le poids d'années à la regarder me surplomber.

Les parents sont arrivés à notre hauteur, ils se tenaient par la main et leur visage luttait pour paraître serein. Eux aussi avaient douté, avaient eu peur. J'avais toujours réussi à les rejoindre, même perdue dans les méandres d'un hypermarché tentaculaire et gargantuesque. Pourquoi cette fois avais-je mis tant de temps à les retrouver ? Rosie, bonne dernière, marmonnait pour elle-même en agitant ses doigts devant ses yeux ; elle se racontait des histoires et prolongeait ainsi sa rencontre avec les cygnes de l'étang, elle bâillait d'une fatigue d'enfant qu'on a protégée d'un trop grand tourment. Elle m'aurait crue, elle, si je lui avais dit que je m'étais perdue des heures durant et que je n'avais été sauvée que par un renard qui, je crois, m'avait parlé.

Ce serait bien la seule, et commençait déjà à se livrer en moi une bataille entre le possible et l'invraisemblable.

« On ne te voyait pas arriver, on a fait demi-tour au cas où tu étais sortie par un chemin qu'on ne connaissait pas, tu ne répondais même pas au téléphone, a débité Franny d'un ton de reproche en me gardant à son côté.

— Allez ma chérie, calme-toi, a rassuré maman avec un sourire qui ne m'était pas destiné : j'étais pour ma part d'un calme olympien. Tu vois, ta sœur a fini par trouver seule son chemin.

— C'est vrai qu'on était sur le point d'alerter le garde-forestier, a ajouté papa en soupirant. Mais tout est bien qui finit bien, et on va pouvoir être tous au lit avant minuit. »

Franny a froncé les sourcils, elle voulait rouvrir la bouche et continuer à me réprimander, ne concevait pas pourquoi les parents ne faisaient pas grand cas de ma temporaire disparition. Elle se pensait seule à saisir que s'était produit un phénomène qui déviait du cours attendu de la vie.

Elle, elle n'aurait pas compris. Elle m'aurait dit que j'avais été idiote d'essayer de retrouver ma route toute seule, que j'aurais dû crier pour attirer l'attention, je n'étais sûrement pas la seule promeneuse un dimanche dans la forêt, quelqu'un aurait pu m'aider. Non, aucun renard n'était venu à mon secours, on n'était pas dans un Disney. Elle m'aurait dit qu'elle me l'avait bien dit.

Rosie soudain a cavalé vers l'avant, s'est plantée devant nous et nous a enserrées avec difficulté de ses petits bras potelés. Elle a levé vers nous son visage encore rond et plein d'une confiance qu'il ne faudrait jamais perdre tout à fait. Notre petite sœur a demandé si c'était bientôt l'heure d'aller se coucher. Elle a tendu la main vers mon épaule, sa mine soudain fort concentrée.

« Oh regarde, c'est comme un fil d'argent. »

Elle a cueilli entre ses doigts mon premier cheveu blanc.

Il était une fois une jeune fille, ou peut-être une jeune femme. Peu importe au final.

La route continue, elle ne finit jamais. Je soupçonne que même après la mort, on continue d'avancer. Un tour de forêt et on repart en sens inverse sans s'être vraiment arrêté. On rentre à la maison, ensemble et enveloppés de nos singularités. Ma sœur m'a lâchée mais elle se tenait toujours toute proche et me regardait attentivement.

Avec tout l'amour du monde, une infinie douceur, en pensant au renard j'ai entrepris d'expliquer.

Remerciements

Merci à :

Isabelle Sorente, pour cette invitation à aller à la rencontre d'un souvenir troublant, pour son accompagnement chamanique.

Nathalie Sejean, pour une épiphanie, une main tendue, du temps, et le génie des bonnes questions posées au bon moment.

Julie Finidori, pour son inconditionnalité.

Anaïs Coste, Florence Rivières et Marine Peyrard, pour leur(s) relecture(s) qui ont balayé les doutes.

Les Writing Witches, pour m'avoir apporté tout le soutien nécessaire à des mois d'écriture et de post-partum mêlés.

Vilain, pour la cartographie des espèces d'Indre-et-Loire que j'ai longuement étudiée, même si ça ne se voit pas dans les yeux de la fille du bitume et de la brique.

Mathieu, pour presque tout et pour toujours.

Ce livre a été écrit dans le silence du sommeil d'une nouvelle-née, puis à l'écoute répétée de Clara Ysé, à qui j'ai emprunté quelques mots, et de la bande originale de *Severance*.

Table des matières

CET OUVRAGE A ÉTÉ COMPOSÉ PAR PCA
ET ACHEVÉ D'IMPRIMER EN FÉVRIER 2023
PAR CPI BUSSIÈRE (SAINT-AMAND-MONTROND)
POUR LE COMPTE DES ÉDITIONS J.-C. LATTÈS
17, RUE JACOB – 75006 PARIS

PAPIER À BASE DE FIBRES CERTIFIÉES

JC Lattès s'engage pour l'environnement en réduisant l'empreinte carbone de ses livres. Celle de cet exemplaire est de :
370 g éq. CO_2
Rendez-vous sur www.jclattes-durable.fr

N° d'édition : 01 – N° d'impression : 2070173
Dépôt légal : mars 2023
Imprimé en France